A REPÚBLICA DA PROPINA

MÁRLON REIS

A REPÚBLICA DA PROPINA

Planeta

Preparação: Thais Rimkus
Revisão: Isabel Cury e Huendel Viana
Diagramação: Futura
Capa: Mateus Valadares
Imagens de capa: Rangizzz / Shutterstock

CIP-BRASIL. CATALOGAÇÃO NA PUBLICAÇÃO
SINDICATO NACIONAL DOS EDITORES DE LIVROS, RJ

R312r
Reis, Márlon
A república da propina / Márlon Reis. - 1. ed. - São Paulo : Planeta, 2016.

ISBN 978-85-422-0877-1

1. Ficção brasileira. I. Título.

16-37122 CDD: 869.93
CDU: 821.134.3(81)-3

2016
Todos os direitos desta edição reservados à
EDITORA PLANETA DO BRASIL LTDA.
Rua Padre João Manuel, 100 – 21º andar
Ed. Horsa II – Cerqueira César
01411-000 – São Paulo-SP
www.planetadelivros.com.br
atendimento@editoraplaneta.com.br

Sumário

Apresentação

Este livro nasceu da necessidade de expor as mazelas que nos comprometem como sociedade e que revelam uma mensagem difícil de admitir: somos culpados pela eleição das pessoas que deploramos. Somos vítimas da prevalência de nossos interesses individuais sobre os interesses da coletividade. Quando chega a hora do voto, o estômago prevalece sobre o cérebro.

Dediquei quase vinte anos à magistratura. Volto agora à advocacia, em busca da liberdade de expressão que sempre defendi para os outros. Minha experiência nos temas eleitorais se desenvolveu fora da lógica dos partidos, cumprindo a missão constitucional de administrador das eleições.

Por anos a fio, lá estava eu, em lugares remotos do Maranhão, testemunhando a barbárie. Alto Parnaíba foi o lugar que mais me marcou nessa trajetória. Mais de mil quilômetros distante de São Luís, no extremo sul do estado, a cidade de apenas 10 mil habitantes exigia minha presença constante. Longe demais para não morar ali com a família inteira. Foi essa imersão que me abriu os olhos para situações aparentemente normais, mas que representavam graves atentados à democracia. A compra do voto era realizada a olhos vistos.

Este livro não é bem uma ficção. É uma trama baseada num realismo nada fantástico, mas sem compromisso com fatos, nomes e datas. Não é uma obra de história – tampouco é um conto.

Depois do estágio em Alto Parnaíba, passei a trilhar dois caminhos que me levaram adiante nessas investigações. O primeiro deles surgiu quando comecei a estudar as leis eleitorais e a falar, em auditórios do Brasil inteiro, sobre os males do abuso do poder econômico. Devo esse movimento ao arquiteto, político e ativista social Chico Whitaker, à Comissão Brasileira Justiça e Paz, à Conferência Nacional dos Bispos do Brasil e à Ordem dos Advogados do Brasil. Foram esses os principais líderes da conquista da Lei n. 9.840/99, a primeira lei de iniciativa popular do Brasil. Ela prevê punições para quem pratica "compra de voto". O segundo caminho foi o acadêmico. Viajei para a Espanha a fim de cumprir um programa de doutorado em sociologia jurídica e instituições políticas na Universidade de Zaragoza, onde tive a honra de ser orientado por Manuel Calvo García, o Manolo, um notável acadêmico que integrou o *bureau* da Associação Internacional de Sociologia Jurídica, sediada na lindíssima e pequena cidade de Oñati, no País Basco.

Foram anos lendo livros e artigos de quase todo o mundo, como os estudos sobre comportamento político-eleitoral realizados pelos cientistas políticos Frederick Schaffer e Andreas Schedler. Ambos fizeram grandes pesquisas sobre o fenômeno da compra de votos na América Latina. Schaffer editou um estudo seminal sobre o tema, intitulado *Elections for sale*, uma coletânea de artigos internacionais que explicam o que acontece quando os eleitores trocam votos por vantagens pessoais.

Minha tese foi desenvolvida em torno da evolução das leis e da jurisprudência brasileira que buscam proteger as instituições eleitorais. Li certamente mais de mil sentenças e acórdãos de todos os âmbitos da Justiça Eleitoral. Em muitos deles, encontrei histórias memoráveis, como a do prefeito eleito que mandou capangas retirarem a caixa-d'água de uma casa. Haviam lhe informado que a eleitora que ele presenteara com o reservatório votara em outro candidato. O caso é real e deu origem a uma decisão inédita no âmbito do Tribunal Superior Eleitoral. Foi a primeira vez que alguém perdeu um mandato em virtude da compra de um único voto.

Assim, são estas as fontes deste livro: experiência profissional e estudos acadêmicos sobre o tema.

Já disse de onde vêm as ideias contidas no livro. Resta dizer o que me motivou a escrevê-lo. Não é possível mais ficarmos apontando culpados. Uns dizem que nossos representantes são corruptos, outros atribuem a responsabilidade pelos males a nós, que os elegemos. E estão todos certos. Enquanto não realizarmos uma reforma política digna desse nome, viveremos à espera do próximo escândalo político. Entra governo, sai governo, os escândalos continuam.

Elegemos os dirigentes na base da disputa de quem gasta mais nas eleições. Votamos para compor o Parlamento como se o voto fosse em pessoas, mas não é. Votamos em correntes de pensamento que não estão devidamente claras nas campanhas eleitorais. Esses dois elementos mostram quão desvirtuadas são nossas eleições. Votamos num candidato a deputado em virtude dos méritos individuais que ostenta. Se ele não for eleito com nosso voto, outro será com certeza. Saímos com a impressão de haver "perdido o voto", mas na prática o que acontece é que outro candidato sempre o acaba encontrando. O sistema eleitoral é uma fraude que nos confunde e nos afasta da ideia de representação. O sistema proporcional é baseado em correntes de pensamento, mas no Brasil pensamos votar em pessoas. Isso porque o modelo não é transparente e nos leva a crer que estamos selecionando entre indivíduos.

O fato é que hoje, por causa de nosso sistema eleitoral ultrapassado, podemos considerar preferível determinada corrente ideológica, mas não a encontraremos quando formos votar. Isso leva a distorções profundas. Os partidos não se sentem obrigados a abraçar programas nem bandeiras. Acabam se convertendo num cartório, uma necessidade burocrática para tornar possível que nossas opiniões como eleitores sejam realmente consideradas. Até lá, viveremos sob a chaga da compra do voto e do abuso do poder político. A sociedade brasileira é mais crítica e evoluída do que o vigente sistema eleitoral permite expressar. Ficaremos sujeitos ao deputado federal Cândido Peçanha e a seu assessor Cacá Furtado, personagens deste livro, em sua República da Propina.

De outra parte, não nos é dado desistir da política. Quando nossa capacidade crítica se converter em energia social vibrante e incontornável, faremos com que aconteçam as reformas necessárias. Mas, antes que isso aconteça, é preciso atirar definitivamente ao escárnio e à ignomínia o sistema vigente hoje. É justamente esse o propósito deste livro.

1.

Um cara legal

— Senhor, este é o caixa rápido.

De tão absorto, não entendo de imediato o que a moça atrás de mim na fila quer dizer. Sei que está zangada, dá para ver pela cara. Jeito de adolescente mimada. Uns dezenove anos, talvez vinte. Não é feia, não. Pelo contrário. Pequena e um pouco rechonchuda, tem olhos bonitos e curvas que me chamam a atenção. Mas está maltratada. Cabelo seboso, olheiras e rosto borrado de maquiagem; camiseta puída, shortinho de algodão e sandália de dedo. Parece que acabou de sair da cama. Quem vai de pijama ao supermercado? Diabo, eu preciso dizer alguma coisa.

— Perdão?

— Este é o caixa rápido. Dez itens no máximo. O senhor tem catorze.

É sério que a pirralha escrutinou minha cesta de compras? Estou levando coisas bem pessoais – xampu anticaspa e papel higiênico de folha tripla – e não gostei da invasão de privacidade. De resto, só produtos banais. Um vinho chileno baratinho, batata, cebola, uma peça de filé, granola, uva verde sem semente, leite longa vida, azeite português, atum em lata, sal, suco de goiaba e suco de manga. E a chata faz um escarcéu por causa de quatro míseros itens. Não, espere um pouco: suco é suco. Então, treze itens no total.

Puxa, eu sou um cara legal. Um sujeito honesto. Só não quero bancar o trouxa. Recuso-me a ser o único otário em uma nação de espertalhões. Fico chateado quando alguém me toma por trapaceiro. Nem por isso vou me irritar com a garota.

Ela é universitária, tenho certeza. O frequentador de diretório acadêmico é o único tipo capaz de erguer bandeiras contra transgressões tão irrelevantes quanto um pacote a mais de espaguete ou um copinho a menos de iogurte. Eu sei muito bem. Também já fui assim, mas o tempo me amaciou. E a experiência me tornou um ótimo observador da natureza humana.

* * *

Nos anos de estudante, eu acreditava no preto e no branco, no bem e no mal, na esquerda e na direita. Tinha mais certezas do que fios de barba no rosto. O injusto me indignava, e o desonesto me causava repulsa. Eu comprava briga com furadores de fila. Gastava saliva para reclamar do chope a mais na conta do boteco. Fechava o tempo no metrô quando alguém bloqueava o lado esquerdo da escada rolante. Eu vivia em tensão permanente, apenas esperando o vizinho cometer um deslize moral para apontar-lhe o dedo da Justiça na cara. Resumindo, eu era um mala sem alça.

Também, o que esperar de alguém que escolhe estudar geografia? Meus pais me pressionaram a cursar direito ou engenharia, mas para mim essas carreiras equivaliam a uma temporada de trabalho forçado em uma mina de sal na Sibéria. Quis fazer publicidade, que era a carreira da moda na época. Não estudei, não passei no vestibular e, no ano seguinte, fui cursar geografia em uma universidade pública. Sem estudar, é claro.

Quem fez faculdade na área de humanas sabe: lá o pessoal habita um universo paralelo. Nas discussões dentro e fora das aulas, nas camisetas de Che e nas batas indianas, no gosto musical, nas festas com cerveja quente, em tudo isso sobrevive intacto o espírito dos anos da ditadura. O tempo em que a revolução socialista era a solução de todos os problemas permanece encapsulado dentro das paredes dessas instituições de ensino. Eu entrei de cabeça na militância radical. Pregava contra os vícios do capitalismo e não reconhecia a legitimidade dos governantes burgueses. Pouco importava se eu e todos os meus amigos revolucionários mamávamos nas tetas do Estado. Éramos os guardiães da ética. Autoproclamados, é claro.

Mas tem uma hora em que a realidade cai como um paralelepípedo sobre nossa cabeça. Quem se forma em geografia encontra quatro opções de carreira: a mais óbvia é procurar trabalho em qualquer outra área; os mais resignados com a penúria se alistam no magistério – opção que envolve ainda o confronto em sala de aula com crianças e adolescentes; há também o caminho acadêmico, que exige dedicação e talento político; por último, existe o serviço público.

Foi assim que comecei a mudar. Alojei-me na barriga do monstro e prometi a mim mesmo que seguiria fiel a meus princípios, mas no fundo eu sabia que o esforço seria inútil. Graças aos contatos que fiz na universidade, fui nomeado a um cargo em uma autarquia que nos últimos anos esteve vinculada ao Ministério da Integração Nacional. Mudei de mala e cuia para Brasília, cortei o cabelo, fiz a barba e instalei meu paletó de tergal na cadeira da repartição.

Não que eu fosse mau funcionário público. Eu era bom. Estritamente dentro do expediente definido em contrato, eu trabalhava muito. Minhas atribuições, em linhas gerais (não vou aborrecer o leitor com detalhes técnicos), eram relacionadas à emissão de laudos para a aprovação de obras como diques, açudes e canais de irrigação. Ou pelo menos isso era o que eu pensava a respeito de minhas atribuições.

No início, eu dava muito murro em ponta de faca. Estudava minuciosamente cada projeto e solicitava alterações substanciais quando constatava que o impacto para o ambiente e para as populações afetadas seria alto demais. Emitia pareceres técnicos que, um a um, eram solenemente ignorados por meus superiores.

Depois de alguns meses, a situação se tornou insustentável. Eu era cúmplice de algo que sempre tinha combatido – e a culpa me corroía. Precisava ir embora, trabalhar com algo que trouxesse de volta minha paz interior.

Então, entrou em cena o imponderável. Numa noite chuvosa no cerrado, eu escrevia minha carta de demissão quando Lorena, minha namorada, chegou com a notícia. Ela estava grávida de nosso primeiro filho. Namorávamos havia somente dois meses – a Lóri sentava-se a meu lado na repartição e, do nada, passamos a trocar olhares e nos provocar mutuamente. Como em qualquer flerte. Em poucos dias, a escova de dente dela já morava ao lado da minha na pia do apartamento na Asa Norte. No entanto, ela não era uma colega qualquer: era filha do dr. Bartolomeu Machado, chefe do departamento.

Naquela situação, estava fora de cogitação esnobar o salário que pingava todo mês em minha conta-corrente. Resolvi, então, aprender minhas verdadeiras atribuições no emprego: assinar, carimbar e liberar a papelada, sem questionamentos.

Fiz isso por meses, por anos a fio. Acostumei-me a testemunhar todo tipo de corrupção e desmando, sem nunca participar de nada. Sempre me mantive fiel a meus valores. Nunca aceitei dinheiro. Meu único pecadilho foi pedir a um colega que assinasse meu ponto quando precisei resolver uma questão externa.

Mas assinar laudos fraudulentos não era para mim. Passados alguns anos, cheguei novamente ao limite. Quando me dei conta, já estava de novo trabalhando por conta própria – e dessa vez indo além, mostrando ao dr. Machado que as obras poderiam ser feitas por um custo bem menor do que o aprovado. A cada documento expedido, eu anexava uma alternativa que demandava menos material ou que sugeria fornecedores de preço mais baixo.

O pessoal da repartição começou a olhar feio para mim. Rodinhas de conversa se dissipavam quando eu aparecia para encher o copo no bebedouro. Ninguém mais me chamava para sair. Eu era invisível. Um morto-vivo a quem ninguém dirigia a palavra.

Num belo dia, Machado me chamou à sala dele. Ofereceu-me um charuto, algo que não fizera nem no dia do nascimento do Bartô Neto, que àquela altura já havia completado cinco anos. Eu recusei. Sentei-me e saquei um lenço de papel para enxugar a testa e a palma das mãos, que estavam suadas. Machado fez jus ao nome: foi incisivo e implacável, sem uma pausa para que eu pudesse interromper sua fala.

— Cacá, seu comportamento está preocupando o pessoal. Eu sei de suas convicções e seu histórico, e minha filha gosta de você. Eu também gosto. Não vou nem posso colocá-lo no olho da rua. Só que você paralisou o departamento com essas especulações e suspeitas. Não dá mais. Tenho aqui uma oferta: você assina esta carta de demissão e amanhã mesmo começa no gabinete do deputado Pedro Bernal, ganhando o dobro.

Machado abriu a gaveta e tirou de lá uma carta pronta, impressa em papel timbrado, com meu nome no campo da assinatura. Em dois ou três parágrafos, dizia que eu me desligava do departamento para "enfrentar novos desafios" e todo esse lero-lero dos discursos de funcionário-defunto. O que me restava fazer? Assinei o papel, limpei minha mesa e saí sem me despedir de ninguém. A Lóri não entendeu nada. Ao deixar o prédio, mandei-lhe uma mensagem de texto para comunicar minha decisão soberana.

Declinei da proposta de emprego no gabinete do deputado Bernal, o que irritou ainda mais meu sogro. Para me forçar a voltar atrás, Machado cortou a mesada da Lóri. Não podíamos mais pagar o aluguel nem a mensalidade da escola do Bartô Neto. Mas eu não me dobraria. Numa decisão intempestiva, enfiei nossas coisas no porta-malas e dirigi dia e noite, até chegar a minha terra natal.

No começo, foi difícil. Nós três morávamos de favor na casa de minha mãe. Trabalho, não havia. Eu percorri todos os órgãos municipais e estaduais – secretarias de obras, de planejamento urbano, de agricultura, do diabo a quatro –, e nada. Ninguém precisava de meu conhecimento técnico. Ou melhor, talvez precisasse. O que ocorria é que ninguém contrataria um funcionário que não tivesse padrinho, um barnabé sem pistolão. E eu queria justamente fugir desse jogo político.

Depois, ficou mais difícil ainda. Investi minhas poucas economias em uma lan house enquanto tentava me recolocar no mercado. Prestei um, dois, três, dez concursos. Estudava sem parar, mas nunca passava. Aquilo era estranho. Até que um dia, enquanto esperava o início de mais uma prova, puxei conversa com um candidato que fumava tranquilamente do lado de fora. Ele fumava *muito* tranquilamente e era o único por ali que não revisava a matéria em livro, caderno ou apostila.

— Rapaz, como você consegue ficar tão calmo?

— É porque eu vou passar no exame. Está certo.

— Como você sabe disso?

— Tenho um esquema, ué. Você não tem nenhum?

— Não.

— Ih, aí fica difícil.

— Mas eu sei a matéria de trás para frente. Não tem como eu não ser aprovado desta vez.

— Olha, não quero discutir. Guarde meu nome: Diogo Damasceno Teixeira. Você o verá na lista de aprovados.

Ele saltou da mureta, pisou na ponta do cigarro e se despediu. Usei a sigla DDT como recurso mnemônico e nunca mais me esqueci daquele nome. Na publicação da lista, lá estava ele: o maldito DDT. E, mais uma vez, nada do meu nome. Não dava para aguentar.

Já haviam se passado três anos. A lan house estava à beira da falência, e a família ganhara um novo membro, minha filha Maristela. Lorena me cobrava atitude, e eu estava no limite da sanidade mental.

Fiz, então, o que era possível. Coloquei o rabo entre as pernas e voltei a Brasília para pedir perdão ao chefe da matilha, o dr. Machado. Eu capitulei à pressão irresistível. Foi meu ponto de inflexão, quando começou a virar areia tudo o que eu pensava sobre o mundo, as pessoas e a vida – e quando tudo começou a dar certo.

* * *

Machado me alojou no gabinete de um deputado de prestígio crescente nos quadros do partido, herdeiro político de Pedro Bernal – o velho havia passado desta para uma melhor dois anos antes. Meu cargo teve várias denominações oficiais. Não vou perder tempo listando os títulos porque minha função foi sempre uma só: cabo eleitoral.

Conheci mais pessoas nesses últimos quinze anos do que em toda a minha vida pregressa. Apertei mãos de eleitores, visitei a casa deles, tomei os piores cafés do sistema solar, fui vomitado por bebês e ouvi com sincera atenção o que o povo tinha a dizer. Se eu pudesse transcrever em livro todas as histórias, as queixas e os pedidos que escutei, a pilha de páginas seria mais alta do que as torres do Congresso Nacional.

O contato estreito e contínuo com o eleitorado me fez repensar o conceito que eu tinha dos políticos e do cidadão comum. O eleitor padrão – aquele que foge até de reunião de condomínio para não se meter em política – não hesita em rotular de ladrões os membros da classe dirigente do país. Esses críticos mordazes do sistema são o motoboy que anda na contramão, o pedreiro que leva para casa uma ferramenta que achou "dando mole" na construção, o engenheiro que ultrapassa pelo acostamento, o empresário que sonega milhões por ano em tributos. Todos são cegos. Ou melhor, fingem ser cegos. Ninguém é capaz de enxergar seu quinhão de sordidez em meio à miséria moral reinante, ninguém aguenta o fedor da própria podridão de caráter. Bando de hipócritas!

O eleitor é tão responsável pela corrupção do sistema quanto o político. Atenção: falo em corrupção num sentido mais amplo do que aquele a que estamos acostumados. Refiro-me não apenas a propinas e carteiradas, mas a tudo o que corrompe a máquina. Tudo o que deforma a estrutura e desvia o processo de sua finalidade. Em termos mais práticos, todas as atitudes que afastam o poder público de sua função primordial: a busca pelo bem comum. Essas atitudes, pequenas ou grandes, acontecem a todo momento nos palácios, nos táxis, nas lojas, em minha casa, em sua casa. Estamos no mesmo barco.

O eleitor está para o candidato assim como o candidato está para os donos do capital. A relação entre corrupto e corruptor é a mesma, só mudam as cifras. Ouso dizer que, ao vender seu voto por uma bicicleta ou um fogão de quatro bocas, o cidadão se torna mais mesquinho do que o político envolvido no desvio de alguns milhões para financiamento de campanha. A dignidade de todos está à venda. Que pelo menos seu preço seja alto, por favor.

O brasileiro só pensa em si mesmo e não tem nem uma remota ideia do valor de seu voto. Não sei como é em outros países. Mas sei o que vi, ouvi e presenciei em andanças por cidades, vilas, aldeias, matas e sertões. O brasileiro elege um candidato pela beleza ou pela fama. O brasileiro vota em quem o líder comunitário, o presidente do sindicato ou o pastor manda. O brasileiro é capaz de empenhar seu voto em alguém apenas para prejudicar o vizinho ou para ver o circo pegar fogo.

Somos uma nação de escrotos, com o perdão da expressão chula. Quase crucificaram Pelé muitos anos atrás, quando ele espinafrou o eleitorado. Mas o que ele disse era a mais cristalina verdade: o brasileiro não sabe votar. A combinação de ignorância com desonestidade criou uma massa de manobra com mais de cento e quarenta e dois milhões de almas.

* * *

É mais fácil ensinar uma cabra a tocar viola do que achar um santo nesse mar de gente. Por isso, eu me irrito tanto com aqueles que se julgam defensores impolutos da decência. Como a garota atrás de mim na fila do supermercado.

Ops, que distração! Enquanto eu divagava sobre o passado, comecei a passar minhas compras pelo caixa. A moça ficou zangada, parece. Que pena. Lá vai ela. Amassa o cupom fiscal e o atira com força no chão.

Tsc, tsc! Agora põe as sacolas no porta-malas do carro, estacionado na vaga reservada para idosos. Vejam só.

Preciso sair também, mas antes corrijo uma enorme grosseria. Falei, falei, falei e ainda não me apresentei. Muito prazer, meu nome é Carlos Alberto Furtado do Amaral. Pode me chamar de Cacá Furtado – é assim que todos me conhecem no gabinete do deputado federal Cândido Peçanha.

2.

O balcão dos desvalidos

Dizem que o poder corrompe. Não sei. Comigo foi diferente.

É certo que o poder mexe com a cabeça das pessoas. Todo mundo quer ser o líder da matilha. Lá está o pirralho de dezesseis anos, e ele já pensa em ser ídolo de rock, CEO de uma corporação qualquer ou presidente da República. O topo é o alvo. Somos educados para agir assim.

Basta um momento de reflexão para entender que não há tantos postos de liderança disponíveis, para concluir que pouquíssimos indivíduos galgam todos os degraus do poder até chegar ao cume. Basta um pouco de sobriedade para aceitar: o clube dos mandachuvas provavelmente é muita areia para seu caminhãozinho.

Mas a ambição inebria as pessoas, turva as mentes. A perspectiva de poder é a cenoura que o burro persegue sem perceber que está atrelada à frente da própria carroça. No percurso, ele atropela desafetos, derruba amigos e faz um monte de coisa errada. Quando se cansa, acaba atropelado por outro burro. Claro que alguns alcançam a cenoura. Geralmente são os mais competitivos, menos escrupulosos e também os mais pragmáticos: quando percebem que a montanha é alta demais, escolhem uma colina de aclive suave e altura modesta. Desse modo, chegam ao topo – e de lá só saem arrastados.

Todo mundo conhece um tipo assim, apegado ao poder em sua forma mais mesquinha. É o professor sádico, o síndico imperial, o senhorio irredutível, o chefe de departamento.

As idas e as voltas da vida sempre me aproximaram desse tipo de gente. Meu sogro, dr. Bartolomeu Machado, é um ótimo exemplo. Ao assumir o comando da repartição, convenceu-se de que a saleta da chefia era um castelo. Viu um trono na velha cadeira de couro sintético. Só faltou pendurar na parede descascada um retrato de si próprio com coroa, manto e cetro.

Dr. Machado se julga muito importante e poderoso. O que mais explicaria a insistência em batizar o neto

– meu filho! – com o seu nome? Bartolomeu Machado Furtado do Amaral, na certidão de nascimento. Para a família do avô, Bartô Neto. Qualquer outro homem ficaria possesso com tamanha ingerência. E eu, quer saber? Não ligo a mínima – um nome é apenas um nome. Acho até engraçada essa obsessão por parte de meu sogro. Sei lá quais são os traumas que ele quer exorcizar.

Eu não quero ser macho alfa. A liderança traz mais desvantagens que benefícios. Pense numa viagem de carro em uma estrada sinuosa. Você segue sozinho, até que outro automóvel se aproxima e cola em sua traseira. Em questão de minutos, forma-se um comboio de uma dúzia de veículos. Todos querem ultrapassar o carro da frente, mas não conseguem, pois há muita curva. Então, cai a neblina. Você é promovido a guia e não pode contar com ninguém para lhe indicar o caminho. Reduz a marcha e dirige com cautela. Nenhum dos seguidores agora quer ultrapassá-lo – o que não os impede de reclamar do compasso lento imposto a todos.

Winston Churchill disse uma vez: "Onde há grande poder, há grande responsabilidade". Ou foi o tio do Homem-Aranha que afirmou isso? Sem querer parecer besta, eu acrescentaria que na esteira do poder vêm também a cobrança, a desconfiança, a traição, a ingratidão e a solidão. Mesmo que nunca tenha sonhado com isso, o sujeito que lidera o comboio na neblina é responsável por conduzir os outros em segurança. O cortejo, porém, pensa no primeiro da fila como culpado pela lentidão do trânsito; todos o julgam incompetente, mas, até que o nevoeiro se dissipe, ninguém quer tomar sua posição. Enquanto isso, o líder conta apenas com o próprio juízo para tomar decisões.

Eu não desejo – nem nunca desejei – um fardo desses para mim. Mas não sou nenhum bobalhão, nenhum moleque. Se desvio minha mira do topo, não é por falta de ambição. É por pragmatismo. Sempre calculei o equilíbrio entre custo e benefício, entre esforço e vantagem ou, de forma inversa, entre status e grau de aborrecimento. Cheguei à conclusão de que a relação ideal se encontra quando você é o terceiro da hierarquia. Não há disputa para essa posição, tampouco há cobrança excessiva de responsabilidades. Você acaba por ocupar uma zona cinzenta que desfruta das benesses do poder, mas escapa do estresse que acaba com o sossego do líder. E principalmente de seu subordinado imediato – esse, coitado, é o que mais sofre.

Tenho uma vida confortável. Sou um sujeito tranquilo. Não preciso de tanto dinheiro assim. Tenho um sitiozinho e alguns imóveis que alugo para complementar a renda. Posso me dar ao luxo de comprar bons vinhos e viajar ao exterior duas ou três vezes por ano. Hoje estou bem. Mas comi o pão que o Tinhoso amassou na época em que pus o rabo entre as pernas e fui bater à porta de meu sogro.

Machado fez questão de me mostrar que – mesmo velho, desdentado e sarnento – ainda era o chefe da cachorrada. Enquanto ele se esbaldava com o filé, reservou para mim as pelancas e os bofes. Quando comecei a trabalhar para o deputado Cândido Peçanha, ganhei o pior trabalho possível – orientação superior, me alertaram. O problema não era o dinheiro. Era a função: lidar diretamente com os eleitores de um bairro miserável.

Todos zombavam de mim no comitê regional. A sede era improvisada em uma escola abandonada, alugada a preço de banana pelo governo estadual. Eu cumpria expediente na quadra de esportes, que recebeu uma cobertura mal-ajambrada de telhas de amianto. O calor era insuportável. Quando chovia, alagava. A iluminação era proveniente de algumas lâmpadas amarelas penduradas por fios emendados com fita isolante. Não seria tão ruim, se me deixassem em paz, sozinho. Mas eu *nunca* ficava sozinho.

Meu gabinete era uma mesa de professor com o tampo todo lascado, colocada no lugar em que um dia esteve o gol da quadra. À frente, quarenta ou cinquenta carteiras universitárias – aquelas com uma pequena mesa embutida em um dos lados, e põe pequena nisso. Carteiras universitárias, como se houvesse a chance de alguém frequentar o ensino superior naquele cafundó.

Eu chegava cedo, por volta das sete. Todo dia, a menos que chovesse demais, já havia meia dúzia de coitados enfileirados diante da escola no momento em que eu abria o cadeado. Eu mal tinha tempo de pendurar o paletó na cadeira, tomar um café e organizar meu material de trabalho – basicamente, alguns cadernos. Quando meu olhar se voltava para a quadra, as carteiras escolares já estavam quase todas ocupadas por gente com cara de súplica. Velhos, doentes, aleijados e toda sorte de desvalidos. No começo eu tinha dó, depois acostumei.

Eu não tinha ninguém para distribuir senhas, muito menos estava disposto a fazer isso pessoalmente. Eles que se entendessem quanto à ordem de atendimento. Pronto para começar, mandava vir o primeiro. E aí ouvia lamúrias até as cinco da tarde, com uma pequena pausa para o almoço – que eu levava de casa, é claro, pois tudo o que havia num raio de três quilômetros dali eram botequins infectos.

Dezenas de pessoas passavam todos os dias por minha mesa. Cobravam luz, água, educação e um ônibus que parasse em frente a sua casa. Pediam comida, material de construção, televisão, moto, dinheiro emprestado ou dado. Queriam empregos, favores ou, se não tivéssemos nada disso para oferecer, alguns minutos de atenção. Reclamavam, lamentavam, choravam, contavam sobre a vida inteira. Ofereciam voto, lealdade, trabalhos espirituais e coisas bem mais mundanas – se eu disser que perdi a conta dos pobretões que me propuseram trocar favores por uma noite com a filha adolescente, não daria para acreditar. Passava de tudo naquela mesa, quase nada de edificante.

Eu não podia mandar ninguém embora sem ouvir a ladainha completa. Ordens do deputado. Precisava ouvir atentamente e anotar. Nunca recusava o pedido, apenas tergiversava quando era algo muito absurdo. Aquelas mesmas pessoas iam e voltavam dúzias de vezes por ano ao comitê. Eu poderia escrever um livro sobre cada uma delas. Conhecia seus tiques, seu hálito, seus vícios de linguagem. Sabia quem detestava quem, quem namorava quem às escondidas e quem era malfalado pelas costas na comunidade. Ouvia fofocas sobre crimes assombrosos, doenças venéreas e bruxarias que desgraçavam a vida deste ou daquele indivíduo.

Para aquela gente miserável, eu era uma espécie de padre, com a diferença de que o objetivo dos confessados eram bens bastante palpáveis, não a expiação de seus pecados.

Qualquer um odiaria sentar-se naquela cadeira. No começo, eu queria morrer. Só não chutei o balde porque precisava sobreviver. Eu sentia raiva, muita raiva, principalmente por causa da humilhação imposta por meu sogro. Mas, como disse antes, sou um sujeito razoável, flexível e extremamente resiliente.

Meço os benefícios de toda situação e – algo que essa experiência me fez descobrir – consigo tirar proveito de quase tudo o que os outros consideram intolerável.

Aos poucos, percebi quanto meu trabalho era instrutivo. Nos dezessete meses que passei ouvindo o eleitorado do Parque Cocal, aprendi mais do que nos quatro anos de universidade. Entendi que ouvir pode ser mais importante que falar. Reformulei conceitos e joguei uma série de dogmas no lixo. Penetrei fundo na alma humana. E vou lhe dizer uma coisa: ela fede.

Os dezessete meses atrás daquela mesa em uma escola abandonada no Parque Cocal me tornaram o que sou hoje. Devo àquelas pessoas minha carreira na política, apesar de ter odiado cada um daqueles quinhentos e doze dias.

3.

Quanto vale um voto

Jonas Prudêncio vivia na edícula da casa dos Almeida. Desde que ficara viúvo, tinha perdido interesse pelo trabalho, a ponto de fechar a oficina de conserto de relógios e eletrodomésticos. Ele estava com setenta e poucos anos. A vista, que já andava ruim, tinha ido para o beleléu. Jonas não conseguia sequer enfiar a chave na fechadura da porta de casa, quanto mais montar e desmontar engrenagens e outros componentes diminutos.

Sem trabalho, Jonas sentiu o peso violento da solidão. Todos os velhos da família já estavam no cemitério, também não havia irmãos com quem conversar de vez em quando. Mas o que realmente lhe fazia falta era um filho. As fofoqueiras do Parque Cocal diziam que d. Filó era doente, que nunca tinha sido mãe por algum problema no útero ou no ovário. A verdade era mais triste que o rumor: Filomena não pariu filhos porque não tinha gosto por sexo. Nos quase quarenta anos de casamento, Jonas e ela haviam tentado se entender na cama umas cinco ou seis vezes. A rejeição da mulher abalou a autoestima do relojoeiro. Ele resignou-se com o celibato e levou a vida como se aquilo fosse normal. Depois da morte de Filó, o viúvo já não tinha condições físicas de se arriscar nas artes do amor.

Ao ver o velho definhar de desgosto, d. Solange Almeida ofereceu-lhe o quartinho dos fundos. O dinheiro da venda da casa foi para uma poupança, e Jonas passou a usar a mirrada aposentadoria para pagar o aluguel, que incluía comida e roupa lavada. Ele acordava cedo, tomava café com a família de Solange – o irmão Paulino e dois sobrinhos quase adultos – e depois passava o dia cuidando do jardim. À noite, tinha sopa de legumes, uma cachacinha e, quando todos estavam animados, uma partida de dominó.

A nova rotina devolveu ao viúvo a *joie de vivre*, como dizem os franceses. Jonas transformou o jardim de Solange Almeida em um dos mais bonitos da cidade – mais bonito até que o jardim da primeira-dama, comentavam as línguas maldosas. Plantou rosas, hibiscos, hortênsias, flores de todas as cores, formatos e tamanhos. Cuidava das plantas como se fossem filhas. Também retomou a vida social. Pelo menos duas vezes por semana, caminhava até o bar do Mendonça e ficava lá por horas. Jogava sinuca, truco, bebia um pouco e até fumava um cigarrinho de vez em quando. Ele gostava daquilo.

Uma noite, depois de tomar umas cachaças a mais e caminhar de volta para casa, Jonas passou em frente a uma farmácia aberta. Uma placa enorme anunciava: remédio para impotência pela metade do preço. O velho embriagado pensou: "Por que não?". Comprou uma caixa e tomou o rumo contrário da casa de d. Solange. Foi passar a noite no cabaré de Antônia Tinhorão, ou madame Jéssica.

A descoberta da pílula azul virou de cabeça para baixo a vida do viúvo – e, de certa forma, também a vida das figuras boêmias dessa cidade miserável. Jonas Prudêncio tornou-se um mito em prostíbulos, bordéis, casas de massagem, *relax for men* e *american bars* da região. Comprou roupas novas, água-de-colônia e tintura de cabelo. Quando lhe dava na telha, levava até uma lembrancinha para as profissionais do sexo – qualquer bobagem comprada no camelô. O viúvo só deixava de visitá-las quando tinha gastrite ou estava com uma gripe forte.

A fama do velho extrapolou as casas de prostituição. A garotada do bairro o chamava de Lázaro e caía na gargalhada. Ele ignorava a razão do apelido, que estava nas páginas da Bíblia. Jonas apenas trocou de personagem: ao se tornar Lázaro, saiu da barriga da baleia para renascer dos mortos por milagre.

O que o coroa não entendia é que o dinheiro sempre pode acabar. Em questão de meses, a economia que estava no banco virou fumaça. O montante da aposentadoria dava para uma noite de farra por semana – somando o cachê das meninas, os drinques, o perfume e a pílula mágica. O aluguel ele deixou de pagar. D. Solange não se importava, pois Jonas quase não dava despesa. Para ela, o maior problema estava no jardim: uma a uma, as plantas morreram e apodreceram.

Mais ou menos naquela época, Jonas Prudêncio apareceu em minha frente.

Estávamos a um mês da eleição legislativa e precisávamos intensificar a campanha. Minha rotina no ginásio esportivo tomava a manhã, a tarde e entrava na noite quase sempre, às vezes até o começo da madrugada. Foi numa dessas jornadas malucas, quando eu mal conseguia raciocinar de tão cansado que estava, que atendi àquele senhor bem peculiar: ele tinha cabelo e bigode tingidos de acaju, vestia uma camisa de cetim cor-de-rosa e parecia ter tomado um banho de perfume vagabundo.

Jonas, muito aflito, passou mais de uma hora me contando a história que acabo de relatar. No dia seguinte, repassei ao comitê a demanda do velho: ele queria que o partido lhe pagasse o remédio da felicidade. Em troca, oferecia-se para fazer campanha para o candidato Cândido Peçanha. Os correligionários consideraram justo o acordo. Para fazerem a verba render mais, pediram que o dr. Onofre Feitosa – que também era secretário do diretório regional – providenciasse as amostras grátis que o laboratório lhe enviava.

O assunto parecia resolvido, quando madame Jéssica apareceu no comitê de campanha com uma de suas garotas. A menina parecia ser menor de idade, mas isso não era de minha conta. Eu só soube o nome de guerra: Kimberly. Talvez esse fosse seu nome real – quem sabe a mãe da moça não teve a ideia ao ler a embalagem do papel higiênico?

Kimberly parecia doente. Estava com os olhos fundos e a pele amarelada. Suas pernas, de tão finas, lembravam duas taquaras. Ela mal abriu a boca. Quem falou pelos cotovelos foi madame Jéssica.

Segundo a cafetina, Jonas se apaixonara perdidamente pela menina. Continuava a visitar outras profissionais, mas procurava Kimberly diariamente. A descrição da experiência sexual com o velho foi assustadora. Sem mencionar os detalhes mais sórdidos: ao entrar, ele pedia um copo d'água para deixar a dentadura de molho. O hálito da boca banguela do viúvo se misturava com a colônia barata num odor nauseabundo. E a coisa demorava três, até quatro horas. Jonas era um atleta sexual. "Isso precisa parar", exigiu madame Jéssica.

O comitê convocou novamente o dr. Onofre. Ele emitiu várias receitas para as meninas da casa. Naquela noite, Jonas voltou ao cabaré. Encontrou a porta fechada e bateu. Jéssica atendeu de penhoar e lhe pediu desculpas, informando que o médico havia feito uma visita ao *rendez-vous* e recomendado uma pausa nos negócios. Ela mostrou as receitas ao velho: eram prescrições de loção para o tratamento de chato – para quem não conhece, é um tipo de piolho que mora nas partes íntimas. O viúvo desejou melhoras às meninas e tomou o caminho de casa. Jamais se deu conta de que as raparigas estavam exterminando outro tipo de chato: ele mesmo.

Quinze minutos depois, a casa abriu em clima de festa. Jonas nunca mais apareceu lá.

Graças ao dr. Onofre, o deputado Peçanha ganhou o voto das vinte e oito funcionárias de madame Jéssica. Quanto ao viúvo Jonas, ele desapareceu do mapa.

* * *

Com Jonas, tive uma epifania. Quando o velho tarado se sentou a minha frente e narrou sua história, tive a certeza de que havia descoberto minha vocação. Não era geografia, não era o serviço público, era estar sentado ali mesmo, naquela quadra caindo aos pedaços, a escrutinar cada uma daquelas pobres almas em busca de favorecimentos. O caso do viúvo despertou em mim o interesse genuíno – ainda que científico ou antropológico, talvez – pelas pessoas que me rodeavam, a curiosidade de penetrar na mente delas e conhecer segredos sujos que talvez elas mesmas ignorassem. De um momento para o outro, a rotina do trabalho deixou de ser uma lida ingrata e tornou-se uma atividade prazerosa de pesquisa. Eu havia encontrado meu lugar e mudaria radicalmente de postura. Passaria a ser, como dizem os idiotas corporativos, proativo. Essa nova disposição faria com que minha carreira finalmente deslanchasse.

Eu devo tudo o que tenho hoje a essa paixão repentina e arrebatadora por uma criatura estranha: o eleitor. Paixão como objeto de estudo, que fique entendido.

O eleitor só se enxerga como tal na hora de cobrar favor de político. No resto do tempo, ele é pedreiro, comerciante, azulejista, vendedor, crente, católico, pai de família, flamenguista ou sei lá o quê. Ao contrário do político, o eleitor é absolutamente ignorante de seu papel no sistema que rege o país, o governo ou o município. É ignorante por decisão própria, porque o conhecimento não lhe interessa. E o conhecimento não lhe interessa por um único motivo: ninguém quer saber dos próprios defeitos. O manto da ignorância protege o eleitor da experiência, assaz desagradável, do autoconhecimento.

O episódio de Jonas Prudêncio ilustra muito bem esse comportamento do eleitor brasileiro.

O sujeito trata o voto como objeto de barganha, mercadoria com bem baixo valor. Alguns acham que vendem caro, mas, se fosse caro, ninguém compraria. É isso que ele, o eleitor, não compreende. Trocar quatro anos de mandato por um monte de quinquilharias é sempre vantajoso para o político. O cidadão vendido usufrui de um privilégio que acaba mais rápido do que ventilador no verão. O político, por sua vez, desfruta do salário, das verbas e da posição que lhe permitem armar tudo para perenizar o ciclo.

Então vem o eleitor e joga nas costas do político toda a culpa pela sociedade podre em que vivemos. Bate panela, buzina, escreve post raivoso no Facebook, vai às ruas protestar contra a corrupção. É conveniente para ele esquecer que sempre votou pensando apenas nele mesmo ou em pessoas próximas. Quem vota assim é sempre corrupto, mesmo que não haja suborno direto do candidato.

Aliás, é uma enorme falácia diferenciar corrupto de corruptor. A corrupção é uma troca, uma negociação que envolve três elementos: o poder econômico, o poder político e o dinheiro público. O poder econômico é aquele que, em tese, corrompe; o poder político, de acordo com o mesmo raciocínio, é o que se deixa corromper. Esses dois sempre ganham alguma coisa – seja dinheiro, seja outro favor qualquer. É interesse de ambos a prática da corrupção, então não se pode dizer que o indivíduo corrompido é como o estereótipo de uma donzela ingênua seduzida por um malandrão que desaparece depois de tirar-lhe a virgindade.

O único lado que sai perdendo na negociata é essa entidade amorfa chamada "povo". Aquele que rouba é o mesmo que guarda a chave do cofre, então é muito fácil subtrair o dinheiro público para acomodar os próprios interesses. Quando o acerto é feito entre a classe dirigente e o empresariado, todos têm plena consciência do ato, de suas consequências e de seus possíveis riscos. Quando uma das partes é o eleitor comum, entra a ignorância já mencionada. Fulano acha que não faz nada de errado, acha que está apenas tomando de volta aquilo que lhe usurparam um dia. Alguns acham – acredite! – que estão fazendo o político de otário.

Você, eleitor, é o grande otário deste país! Peço desculpas pela crueza, mas às vezes é preciso ser direto para garantir que o interlocutor assimile a mensagem. Direto, enfático e assertivo. Então, reafirmo: você é um otário do pior tipo. Lide com isso.

O pior tipo de otário é aquele que se acha esperto, aquele que tenta bater a carteira do punguista. É o bêbado que entra no carteado achando que vai quebrar a banca e perde a própria casa no jogo, porque simplesmente não conhece as regras.

O infeliz que vende o próprio voto não entende que o material escolar que o Luizinho ganhou representa um professor a menos. Não sabe que inverter a mão de direção da rua custa meia dúzia de semáforos. Não percebe que o remédio "grátis" contra a impotência é fruto de fraudes bilionárias que envolvem médicos, laboratórios farmacêuticos e o poder público.

Não quero aqui livrar a cara de nenhum político, apenas afirmo que a classe dirigente é menos hipócrita do que aqueles que a elegem. Mas, como toda regra tem sua exceção, até na política aparece de quando em vez um indivíduo que tenta mudar as regras do jogo. Aí os papéis se invertem: o candidato se torna um otário nas mãos do eleitor.

* * *

Com Fernando Quixabeira foi assim. O Dinho do Filé – ganhou o apelido porque tem três açougues na cidade – era um grande amigo meu desde os tempos de colégio. Infelizmente, sua compreensão das artes da política não mudou quase nada a partir da adolescência. O Dinho era idealista. Desdenhou meus conselhos numa campanha para deputado federal. Recusou-se a presentear eleitores e a agradar pessoas influentes na comunidade. Eu sempre soube que ele não teria a menor chance.

Durante todo o período da campanha, eu o perdi de vista. O Dinho estava por todo lado pedindo voto, e eu, coordenando uma campanha vitoriosa. Enquanto ele fazia discursos, eu visitava vereadores e presidentes de associação. Enquanto ele realizava reuniões e apresentava os planos para o futuro mandato, eu despachava envelopes de dinheiro para os destinatários certos. Enquanto ele fazia promessas de um futuro melhor para todos, eu melhorava o presente dos eleitores.

O resultado foi que ele perdeu feio. Sua campanha foi um fiasco. Teve pouco mais de três mil votos, o que para mim ainda foi muito. Enquanto isso, o candidato federal para quem eu trabalhei recebeu quase duzentos e cinquenta mil votos, com os quais ele foi eleito e ainda levou mais dois para o Congresso Nacional.

Passada a ressaca da derrota, combinei com Fernando Quixabeira de tomarmos uma cerveja. Escolhemos o Elite Bar, o botequim mais vagabundo no centro da cidade. O Elite era notório pela estufa com petiscos que exigiam alguma coragem para ser engolidos. Eles ainda estavam lá: o ovo cor-de-rosa, o torresmo peludo e a moela de frango que flutuava em um molho escuro e gorduroso. Não era um lugar lá muito aprazível, mas eu e o Dinho tínhamos carinho pelo boteco.

O dono, Rui, era um sujeito grosseiro como poucos. Não cumprimentava ninguém e servia a todos sempre com a cara amuada. Andava com a camisa aberta, o que permitia aos presentes divisar as cicatrizes profundas que trazia no tórax e no abdômen. "Lembranças do tempo em que Rui era do crime organizado", alguns sussurravam. Parece que ele de fato havia amargado alguns anos na penitenciária Urso Branco. Mas isso era mais lenda que história verdadeira. Ninguém ia de fato lá para saber de Rui, embora sua fama criasse em torno do ambiente certo glamour.

Frequentávamos o pé-sujo na época da faculdade, discutíamos política, planejávamos a revolução e até íamos ao banheiro calçando apenas sandálias de dedo. Sentamos à mesa de metal, pedimos uma cerveja e duas cachaças, mas dispensamos a comida. A conversa se estendeu noite adentro, como nos velhos tempos. Foi quando o Dinho teve a oportunidade de me contar como as coisas haviam se passado na campanha.

Ele relutara muito antes de aceitar a candidatura. Por anos e anos, o velho Matias – pai do Dinho e personalidade influente na cidade – insistira para que o filho entrasse na vida pública. Matias era um dos maiores pecuaristas do estado. Digo, era um dos maiores pecuaristas apenas do estado, até a sorte lhe sorrir: Dagoberto Paixão, senador decano e amigo de longa data da família Quixabeira, apresentou-o às pessoas certas em Brasília. Em questão de dois ou três anos, a fazenda Quixabeira se transformou no frigorífico Top Cow, exportador de carne de boi e de jumento para dezessete países. Matias deixou de ser uma liderança local e tornou-se dono de uma das grandes fortunas do país. Mas ninguém o conhecia fora do estado, o que ainda emperrava alguns negócios com o empresariado de São Paulo. Além disso, ele já estava velho demais para começar carreira política; o filho, não.

O Dinho sofreu pressão forte e persistente do pai, mas não queria ser candidato porque uma eventual vitória destruiria sua vida perfeita. Todos gostavam do Dinho do Filé. Ele era o cara que vendia a melhor carne da cidade – produto da fazenda do pai, é claro – e tinha uma freguesia seleta. A nata da sociedade o chamava para as melhores festas. Às vezes, ele mesmo chegava com a picanha e pilotava a churrasqueira. Bem-apessoado, o açougueiro sempre namorou as herdeiras mais bonitas da região. Rosa Maria, com quem se casou e teve três lindos filhos, não era exceção: filha do príncipe da soja Lalo Miranda, era dona de terras que se estendiam da periferia da capital à divisa do estado. Formoso e simpático, o casal aparecia nas colunas sociais, nos programas da TV local e nos blogs dos puxa-sacos mais populares da região.

O playboy Dinho não queria outra coisa da vida. Além disso, tinha seus princípios. Deixara de ser comunista havia duas décadas, mas nunca engolira as práticas correntes no meio político. O velho Matias o convencera com muita lábia e uma enorme concessão: o Top Cow bancaria a campanha sem interferir em nada. O Dinho administraria a verba de forma independente. Com o ego lustrado, o rei do churrasco aceitou a aventura política.

Enquanto bebíamos no Elite, meu amigo admitiu aquilo que se recusara a aceitar quando me procurou pela primeira vez, antes de dar início à campanha: sua candidatura era também um meio de lavar o dinheiro sujo do velho Matias. Logo ele, sendo corrompido pelo próprio pai. Que situação!

No começo, o Dinho metera na cabeça que se elegeria deputado sem subornar, sem comprar votos, sem se envolver com gente desonesta. Eu lhe propus que fizesse churrascadas para a gente miserável da periferia, que manipulasse os blogueiros vendidos e que costurasse apoio com o pastor Laurentino, dono dos votos dos evangélicos. Dinheiro não faltava. Mas o Dinho não aceitou minhas propostas, e eu pedi para sair da campanha. O sujeito, afinal, era meu amigo – eu não poderia lhe prometer algo que não pudesse entregar.

Deu no que deu. Com as garrafas vazias de cerveja se acumulando na mesa, ele contou como torrou a verba numa campanha perdedora.

Fernando Quixabeira me disse que ia aos bairros participar de reuniões para as quais havia sido convidado por líderes comunitários. O carro, dirigido por algum "assessor parlamentar", seguia por ruas cada vez mais estreitas e tortuosas, ladeadas por casas sem reboco. Quando parecia que o caminho acabaria, surgia uma pequena praça com um centro comunitário – obra entregue pelo deputado Cândido Peçanha ou por outra liderança do partido. Sempre havia umas oitenta ou cem pessoas esperando para ouvi-lo, além do chefe local, normalmente presidente de associação ou sindicato. Munido de um microfone conectado a dezenas de alto-falantes, o cacique do bairro exaltava as qualidades do candidato – quando dava uma pausa no discurso, voltavam a música alta e o foguetório. Todos os pipoqueiros, as baianas do acarajé e os vendedores de churrasquinho da cidade pareciam saber do evento. A bebida rolava solta, e não havia nem sombra de confusão – as patrulhas da PM e da Guarda Municipal marcavam forte presença. A garotada jogava bola e empinava pipa, os velhos cumprimentavam o candidato. Tudo registrado por duas equipes de filmagem da campanha, mais três ou quatro veículos locais.

Era nesse clima festivo que o Dinho tinha a oportunidade de falar por uma ou duas horas, explicar seus projetos políticos e manifestar seu propósito de tornar-se representante daquela comunidade no Legislativo.

O problema era o que ocorria depois da reunião. Todas as pessoas ali presentes o cercavam e se aproximavam, cada qual com um pedido a que Fernando não estava disposto a atender. Eram sempre reivindicações de caráter estritamente pessoal. O candidato acabava de dizer que queria contribuir para a coletividade, e lá estavam os eleitores querendo todos, sem exceção, tirar proveito material de meu amigo.

Uma vez, no Jardim Buritis, o candidato açougueiro foi recepcionado com rojões pela turma de Diogo Félix, dono de um restaurante por quilo e presidente da associação dos moradores. Ele beijou dezenas de crianças e de velhos, tomou café, comeu bolo, ganhou medalhas de tudo quanto era santo e discursou por uma hora e meia para uma plateia atenta. Ao fim, entrou de volta no carro, limpou as mãos com álcool gel e dirigiu-se para a casa de Diogo, onde apenas os ilustres da comunidade participariam de uma festa.

O carro da campanha estacionou ao lado de um portão de ferro, alto, feio e malcuidado. Alguém abriu a pequena porta para o Dinho e sua comitiva. Era uma passagem a outro mundo: a garagem tinha nada menos que seis carros – três importados –, e o gramado era um primor. Havia até um chafariz com luzes coloridas. Atravessando a sala decorada com obras originais do artista plástico Rogério Tito, chegava-se a um quintal imenso, com uma piscina e dois toboáguas. Sim, Diogo havia construído um pequeno parque aquático para Mateus, seu filho que acabara de completar cinco anos. Um espetáculo de cafonice. Dinho pensava de onde saía dinheiro para construir tudo aquilo. Foi quando Diogo interrompeu seus devaneios.

— Uma cachacinha? Esta é do alambique Santa Quitéria, em Petronorte. Uma delícia.

— Não, muito obrigado. Ainda tenho reunião mais tarde, no bairro Gonçalves.

— Então se acomode, candidato. Tem também suco fresquinho de graviola. O cardápio é galinhada, porque a carne bovina está cara demais.

O Dinho sentiu a indireta e preparou-se para o que estava por vir. Não deu outra.

Durante o almoço, uma romaria de pedintes o assediou: o chaveiro, o padeiro, o português do botequim, o chinês da loja de presentes, o Jorginho da 13 (cujo ramo de atividade não estava muito claro) e até o sargento Filgueiras, PM e chefe da segurança do local nas horas vagas. Todos queriam alguma coisa.

O pedido do açougueiro João do Talho era o mais simples de resolver. Ele queria comprar carne com trinta por cento de desconto. Com os outros, a situação se complicava. O sargento queria "suporte logístico" para sua rede de milicianos. O Jorginho da 13 estava interessado em aparecer ao lado do candidato em fotos, vídeos e outros materiais de campanha. Dez ou mais comerciantes foram direto ao ponto: dinheiro para fechar o apoio. Depois da sobremesa, Diogo chamou o Dinho do Filé para fumar um charuto ao lado do forno de pizza, nos fundos do quintal.

— Não vou fazer rodeios, candidato.

— Pode falar.

— O deputado Peçanha sempre foi muito generoso com a comunidade e agora está sendo generoso com você também, porque está com a reeleição no bolso. Nós também estamos dispostos a lhe dar nosso voto de confiança, mas precisamos que você demonstre generosidade.

— O que posso fazer por você, Diogo?

— Quero o fornecimento de merenda para o ensino estadual.

— Mas eu sou candidato a deputado federal, cargo que não tem nada a ver com a Secretaria de Educação.

— Seu pai é carne e unha com o governador. Você vai dar um jeito.

— Vou ver o que posso fazer.

É claro que o Dinho, sendo o Dinho, foi embora e nunca mais tocou no assunto, nunca mais falou com o Diogo. No dia da eleição, as urnas do Jardim Buritis computavam dezenove votos para o Dinho do Filé. Dezenove, sem tirar nem pôr. Nas outras zonas eleitorais, a lavada foi semelhante. O candidato recusara-se a atender aos pedidos que considerou absurdos e foi massacrado pelos eleitores. Nunca o partido tivera votação tão baixa na cidade. Somente o deputado Peçanha e algumas raposas velhas do interior conseguiram se reeleger e levaram mais dois ou três a reboque, mantendo a representação da bancada em Brasília.

Para piorar, na segunda-feira após a eleição, o Dinho foi procurar o Tonho Carioca, tesoureiro da campanha, e não o encontrou. Ele havia sumido, levando todo o dinheiro que o candidato poupara ao não pagar propinas nem pedágios. Ao que tudo indicava, tinha seguido de jatinho até a Bolívia.

Assim acabava a carreira política do Dinho do Filé, açougueiro. Eu, graças a Deus, não destruí minha reputação com aquele amador.

* * *

Como em qualquer comércio, existem duas formas de comprar votos: varejo e atacado. No atacado, quando o esforço é concentrado em líderes comunitários, como Diogo Félix, costuma ser mais eficiente. Uma ação resulta em muitos votos, e ter os aliados certos é estrategicamente essencial. Mas nenhum candidato vence eleição sem conquistar eleitores no varejo. É uma tarefa árdua, que precisa ser feita por uma legião de formigas a serviço do partido. Quando bem-feito, o trabalho gera resultados gratificantes. Foi nisso que me especializei na primeira campanha em que trabalhei para o partido. Tornei-me o melhor comprador de votos do estado, quem sabe do país.

Como tudo na política, a compra de votos requer sensibilidade e tato de um profissional. Marinheiros de primeira viagem costumam naufragar, pois não entendem direito a situação, se assustam e põem tudo a perder. Veja o caso do dr. Onir Fragoso, respeitado advogado tributarista de nossa cidade.

O dr. Fragoso sempre circulara nas altas-rodas do poder. Seus clientes eram os homens mais ricos e influentes do estado. Ele ganhara muitas causas vultosas, o que dera uma montanha de dinheiro em honorários – e mais ainda para as pessoas que o contratavam.

Alguns anos antes, o partido não tinha um nome de peso para lançar à prefeitura em Santa Brígida. Então, o presidente do diretório municipal, cliente do dr. Fragoso, sugeriu o nome do advogado. Os correligionários aquiesceram: Fragoso transmitia frescor e moralidade.

O advogado recebeu a visita dos três maiores líderes políticos locais, que lhe apresentaram a proposta. Ele nunca havia sonhado com um cargo público e não se sensibilizou com a ideia, pois, embora sua ocupação profissional envolvesse esquentar dinheiro suspeito, ele tinha a política em baixíssima conta. Não dividia esse sentimento com seus clientes, é claro, mas achava tudo aquilo muito sórdido. Grande hipócrita, esse

Fragoso. De qualquer forma, ele pretendia recusar a oferta sem soar rude demais. Pediu aos visitantes dois dias de prazo, alegando que precisava pensar a respeito. Os três saíram de lá convictos de que logo viria uma resposta afirmativa.

Então, correu pela cidade o boato de que o ilustre advogado seria o candidato a prefeito apoiado pelos poderosos locais. A visita dos líderes políticos havia ocorrido às cinco horas da tarde, e já no dia seguinte a casa do advogado amanheceu cercada por umas duzentas pessoas. Ainda não eram seis horas da manhã, e estava difícil circular de carro por aquela rua, tamanho o movimento.

Fragoso assimilou o choque inicial e sorriu. Até pensou que sua popularidade fosse maior do que ele supunha. Então, pôs-se a fantasiar: imaginou multidões extasiadas com seus discursos, sonhou consigo mesmo nos braços do povo. Cogitou aceitar o convite. Quem sabe a política realmente não precisasse de um homem como ele. Primeiro, a cidade; em seguida, o estado; depois, Brasília. Um homem probo a serviço deste país. A realidade levou Fragoso de volta a Santa Brígida assim que ele abriu a porta de casa. A massa de maltrapilhos, sujos e fedorentos gritava coisas que ele não entendia, agarrava-o pelo braço, deixava sua catinga impregnada na camisa de algodão trezentos fios recém-passada. Fragoso ficou assustado, até que a turba se acalmou para dar passagem a alguém que parecia ser seu líder.

Com boné rasgado e um facão enferrujado na cintura, aquele que se aproximava era Cristóvão Gallo, comandante da ocupação de um terreno da prefeitura na Vila Bandeirante, lá onde a periferia já começa a virar zona rural. Ao longo de cinco gestões já se discutia o que fazer com aquela terra toda: usina de asfalto, lixão, até uma universidade rural foi cogitada. Mas nada saiu do papel e, três anos antes, a turma do MAGRO (Movimento dos Agricultores Oprimidos) invadiu a área e ali fincou suas bandeiras.

Gallo era um rapaz de classe média carismático e fascinado pelo imaginário do poder. Quando viu que era tratado como semideus pelo campesinato, adotou-o como rebanho particular. Tinha quinhentas famílias sob sua liderança, mais de mil eleitores – e isso só na invasão da Vila Bandeirante. Não era homem de muitas palavras, então foi direto ao ponto: queria, antes de tudo, a regularização do assentamento. Exigia também que a prefeitura instalasse rede de luz, água e esgoto. Além disso, o candidato deveria se comprometer a incluir o bairro no programa de habitação popular do município.

Solapado por tantas demandas, Fragoso chamou o líder popular para entrar e tomar um café.

— Não sei se consigo fazer tudo isso, mas posso tentar. O que eu receberia em troca?

— Todos os votos do assentamento, da turma do bairro Redenção e dos funcionários do moinho. Calculo entre três mil e cinco mil votos. Considerando o tamanho da cidade, é uma diferença e tanto.

— E se eu não conseguir?

— Olha, doutor, o povo está nervoso. Você imagina o que é acordar toda manhã com a possibilidade de um trator derrubar tudo aquilo que você juntou na vida? Eu nem sempre consigo controlar o pessoal.

O MAGRO era célebre pelas fortes mobilizações. Bloqueava estradas, rasgava pneus de caminhões, punha fogo nos ônibus que transportavam os trabalhadores das fazendas e do moinho. Gente muito organizada. Fragoso perdeu o ar.

— Entendo.

— Mas tem uma coisa, doutor. Minha gente é meio rude, pouco letrada, um pessoal que foi criado no mato, sabe? É difícil para eles entender que o voto de hoje vai trazer vantagens daqui a dois anos. Acho que precisamos de uma motivação mais palpável, mais imediata.

— O quê, exatamente?

— Um agrado em dinheiro. Cinquentinha para cada um, o bastante para botar feijão na panela e garantir a cachacinha por uns dias. Cinco mil votos, duzentos e cinquenta mil reais. Justo, não? Pode tratar diretamente comigo, eu cuido de distribuir o montante.

Fragoso arregalou os olhos. Tinha à frente um fanático armado com uma peixeira enferrujada, levando um exército de miseráveis na retaguarda, ameaçando-o com chantagem explícita. Tratou de colocar o sujeito para fora de sua casa sem o contrariar. Desconversou, fez promessas vagas e, por fim, jogou a batata quente para longe.

— Vou ser franco, Cristóvão. Minha candidatura ainda não foi homologada pelo partido, e não sei se isso vai acontecer, porque não há consenso no diretório. Mas prometo que procurarei você, caso seja candidato. Aí discutimos em detalhes as reivindicações, que me parecem todas justas. Mas repito que ainda não posso falar em nome do partido. Deseje-me boa sorte.

— Sem problemas, doutor. Boa sorte!

Ele apertou a mão do líder rural e o conduziu para fora. Quando a aglomeração se dispersou, Fragoso entrou no carro e correu para o diretório do partido. Não esperou os dois dias que pedira. Agradeceu aos líderes, mas declinou do convite. Quando voltou, sua residência já estava tomada por outro grupo de eleitores querendo sua boquinha. O jeito era viajar por um tempo. Ligou para a mulher e pediu que mandasse arrumar as malas da família – o casal e os dois filhos passariam as três semanas seguintes relaxando em Cancún.

Os Fragoso só voltaram quando todo mundo já sabia que Onir não seria mais candidato, e ainda assim havia meia dúzia de pobres-diabos o esperando quando ele chegou em casa. Foi um sufoco. Ingenuidade dá nisso.

Nosso amigo advogado não entendeu que política é coisa para profissionais, é uma rede que integra os candidatos a todos os cargos: presidência da República, Câmara dos Deputados, governos estaduais, assembleias legislativas, prefeituras e câmaras municipais. Todos estão conectados numa cadeia de apoio mútuo.

É uma teia complexa que assegura a eleição daqueles que nela conseguem ingressar e permanecer. E a matéria que compõe essa teia é o dinheiro. Muito dinheiro. Dinheiro para fazer face às exigências do eleitor, essa criatura insaciável.

Imagino que o leitor, a esta altura do campeonato, já saiba como o dinheiro chega aos partidos políticos. Mas não custa explicar de novo – até porque os jornalistas, por medo da inexatidão ou para valorizar o próprio trabalho, fazem a coisa parecer mais complicada do que ela de fato é.

A coisa funciona assim: o dinheiro que damos ao governo por meio de impostos circula continuamente. Vai da mão dos partidos políticos (que controlam secretarias, ministérios e empresas estatais) para a das empresas contratadas pelo poder público, volta para os partidos, e assim por diante, num ciclo que não tem fim. O governo remunera o setor privado com contratos superfaturados e recebe de volta parte desse dinheiro em doações de campanha, que envolvem também a promessa de favorecimento futuro dos parceiros, para que a máquina nunca pare de girar.

E nós pagamos cada vez mais impostos porque todas as pessoas envolvidas nesse ciclo precisam de recompensa: os líderes partidários, as autoridades diretamente envolvidas na negociação, os executivos das estatais e das empresas privadas, os burocratas que abrem portas e apagam pistas e até mesmo os intermediários que só vendem o próprio silêncio.

Quando chega ao partido, parte dessa bolada é distribuída de volta ao eleitor. Por exigência dele. O caminho dessa grana dos cofres das estatais até nosso bolso é o que nós vamos conhecer a partir de agora.

4.

Atacadão eleitoral

No dia da apuração, tivemos uma surpresa: o deputado Peçanha foi reeleito com uma votação três vezes maior do que a esperada em minha zona eleitoral. A escola em que trabalhávamos virou um salão de festas. Macedo, que havia sumido de vista, voltou com um isopor cheio de carne, uma churrasqueira portátil e dois sacos de carvão. Logo depois apareceu o Carlão com os barris de chope. Quando a van cheia de meninas estacionou em frente à porta, eu entrava no carro para ir embora.

Eu merecia um mês de férias. Estava com passagem comprada para Fortaleza – as crianças ficariam com os monitores do resort, e a Lóri e eu aproveitaríamos nossos primeiros momentos de intimidade desde o início da campanha. Enquanto eu arrumava a mala, o telefone tocou.

— Sr. Furtado?

— Pois não?

— Aqui é Josiane, da parte do deputado Cândido Peçanha. Ele pede que confirme sua presença no almoço amanhã na casa dele.

— Mas eu...

— Posso confirmar?

— Pode. Qual é o endereço, por favor?

— Não se preocupe. Um motorista estará em sua porta ao meio-dia.

Lóri e as crianças foram para Fortaleza. Quanto a mim, pelo menos teria tempo para pensar em um bom presente para ela, cujo humor não era dos melhores na hora da partida.

No dia seguinte, um carrão preto me levou até o Parque dos Araçás, condomínio de luxo em que mora o deputado Peçanha. A casa parecia um palacete, uma das mais elegantes que já conheci, certamente decorada por sua belíssima esposa. Logo na entrada, o gramado tinha uma enorme fonte com uma estátua de sereia segurando uma ânfora da qual saía água continuamente. Foi lá que Peçanha – vestindo bermuda cáqui, camisa polo azul e mocassim sem meia – me recebeu. Ele e o

Titã, dogue alemão que imediatamente pulou com as patas em meu peito.

— Não se preocupe: esse aí só tem tamanho. Gonzaga, vem cá e prende o Titã!

Assim que o cachorro foi encoleirado, pudemos nos cumprimentar apropriadamente.

— Muito prazer, deputado.

— Eu é que tenho prazer em recebê-lo! Aceita cerveja? Vinho? Uísque?

— Água com gás, por favor.

Peçanha me conduziu pela sala forrada de tapetes persas até o jardim dos fundos, onde ficava a piscina. Em uma mesa sob um guarda-sol, estava um homem cujo rosto me era familiar. Ele usava óculos escuros, bebia uísque e fumava um charuto. Não havia mais ninguém naquela casa enorme – ninguém além dos empregados, obviamente.

— Cacá... Posso chamá-lo assim? Este aqui é o senador Epaminondas Máximo, presidente nacional do Partido da Qualidade Social, nosso PQS.

O senador repousou o charuto no cinzeiro, levantou-se e me estendeu a mão.

— Então este é o homem?!

Eu não estava entendendo nada. O que aqueles dois queriam comigo?

Peçanha nos convidou à sala de estar, onde nos acomodamos em um sofá de couro branco. Na mesa de centro, alguns petiscos: presunto cru espanhol (pata negra legítimo, garantiu o deputado), salmão defumado, alcachofra em conserva. Uma copeira passava para repor as bebidas a cada cinco ou dez minutos.

A conversa começou com amenidades, um papo furado que não me ajudava em nada a entender a situação. E foi assim por meia hora, até a copeira nos chamar para a mesa: o almoço estava servido.

Enquanto comíamos – o prato principal era filé à Rossini, com vinho Madeira, trufas e foie gras –, o motivo do convite veio à tona. Enquanto mastigava um naco de carne malpassada, o senador apontou o garfo para mim e disse:

— Peçanha me falou muito bem de você. Você ficou famoso no partido.

Naquela hora, fiquei foi assombrado – e não consegui segurar o espanto.

— Como assim?

O deputado Peçanha colocou a mão em meu ombro e pôs-se a falar.

— Cacá, meu amigo, o desempenho de sua zona eleitoral foi extraordinário. Conversei com o Pacheco, coordenador do comitê, e ele me disse que você foi responsável por muitos dos votos. Falou que sua lábia é de convencer padre a rezar para o diabo. Depois, soube que você é genro de meu caro amigo Bartolomeu Machado.

— Do Bartô? — interrompeu o senador Máximo.

— Isso. Marido da Lorena – respondeu Peçanha.

O deputado completou as taças com vinho português Pêra-Manca e prosseguiu.

— Grande talento. Precisamos de homens assim na agremiação.

Mais uma vez, fiquei assustado com a conversa. Mais uma vez, comecei a falar sem pensar.

— Fico imensamente lisonjeado, mas não passa por minha cabeça entrar para a vida pública. Não tenho talento para isso.

Peçanha engoliu uma garfada, limpou a boca com o guardanapo de pano e se dirigiu a mim, meio rindo:

— Talvez tenha e não saiba. De qualquer forma, não é para isso que queremos você por enquanto. Mas certamente sua hora chegará, se você continuar sendo essa pessoa leal e produtiva.

O deputado abriu mais uma garrafa – desta vez, um Château Latour – e detalhou os planos do partido para mim. Assim que o deputado tomasse posse no próximo mandato, eu seria contratado como assessor parlamentar. Mas não ficaria confinado em um escritório em Brasília – aliás, sabemos que os gabinetes do Congresso não comportam nem um quinto dos secretários dos parlamentares. Quase todo mundo trabalha no reduto eleitoral do político. Às vezes nem trabalha.

Meu trabalho seria servir ao diretório nacional do partido. Estávamos a dois anos das eleições municipais, e havia algumas cidades particularmente problemáticas para nossos candidatos. O partido me enviaria a esses municípios com a missão de implementar estratégias para reverter as tendências eleitorais. Em outras palavras, eu seria um caixeiro-viajante que não vende nada, mas compra votos no atacado. Nada mau para quem até dois dias antes suava e derretia de calor num ginásio esportivo de escola abandonada.

* * *

Um intervalo de dois anos pode parecer muito tempo, mas não é quando você precisa trabalhar para trinta e um candidatos em vinte e seis municípios de onze estados da federação. Naqueles dois anos, devo ter dado o equivalente a diversas voltas ao mundo a bordo de jatinhos executivos. Dormi mais em hotéis do que em minha própria cama. Peguei malária na Amazônia e tive uma intoxicação alimentar grave em Santa Catarina – deve ter sido por causa das ostras. Apertei milhares de mãos, beijei centenas de crianças, ingeri toneladas de toda porcaria que se possa imaginar: torresmo, buchada, moqueca, sarapatel, pastéis gordurosos, bolos secos, cerveja quente, cachaça suspeita, café imbebível. Visitei palácios nababescos e cortiços piolhentos.

Naqueles dois anos, quase nem pisei em casa. Mal vi meus filhos. Deve ter sido por isso que a Lóri nem se preocupou em falar comigo para pedir o divórcio no meio do segundo ano de campanha. Ela simplesmente pediu para o escritório de advocacia me mandar um e-mail. Isso não foi surpreendente – surpreendente foi minha reação. Telefonei para o advogado e combinei uma data para acertarmos os termos do acordo. Não fiquei triste nem zangado. Estava tão envolvido com o trabalho que o resto do mundo me parecia um detalhe. No mais, já havia dezoito meses que eu me virava sem casa e só com a bagagem de mão. O divórcio não mudaria muita coisa.

A separação também não afetou meu trabalho no partido. Àquela altura, eu já não era mais afilhado político do dr. Bartô Machado. Havia conquistado a confiança do deputado Cândido Peçanha e do próprio Epaminondas Máximo, líder nacional da agremiação. Já me locomovia com certa autonomia nos círculos do poder. Eu, como se diz por aí, me achava. Não percebia que ainda engatinhava na carreira. Meu serviço era carregar piano.

No primeiro ano, viajei pelo país para estabelecer contato com lideranças políticas e comunitárias. Foi um período de aprendizado intensivo. Comecei a entender melhor o funcionamento da máquina eleitoral, com suas peculiaridades regionais – que não são tantas assim, afinal. No ano seguinte haveria eleições, então era hora de meter a mão na massa para ganhar votos.

Nunca trabalhei tanto, nunca aprendi tanta coisa em tão pouco tempo.

De tudo o que aprendi, o ensinamento mais valioso pode parecer bastante óbvio: devem-se otimizar os processos para que o trabalho renda ao máximo. No caso, isso significava operar no atacado. Embora a persuasão individual de eleitores – e talvez de seu círculo íntimo – faça diferença em um distrito, esse método não influi quase nada na contagem global dos votos. É muito esforço para pouco resultado. Vale bem mais a pena adquirir pacotes, levar centenas, milhares de eleitores, por vez.

E como se compram votos de baciada? Aliciando pessoas influentes na comunidade. Gente com poder de espalhar uma mensagem de forma radial, atingindo influenciadores menores que repetirão o trabalho em escala reduzida.

Um exemplo: sindicalistas. Mais um: pastores e outros líderes religiosos. Esses indivíduos são fundamentais para o funcionamento da máquina eleitoral. São pessoas de prestígio, que têm a confiança de um grupo de seguidores e podem influenciar decisões. Um pequeno problema é que elas têm plena ciência desse poder. Por isso, custam caro. Ainda assim, sai bem mais barato do que abordar um eleitor por vez. É como comprar papel higiênico: o pacote com vinte e quatro rolos custa mais do que o com quatro, mas o valor por metro é mais vantajoso na embalagem maior.

Na prática, o comércio atacadista eleitoral é mais simples do que pode parecer para um amador. É uma máquina azeitada, uma estrutura sólida de conexões em que circulam influência, dinheiro e votos. Quem olha de fora pensa que o sistema eleitoral brasileiro é uma bagunça, uma coleção de gambiarras que ameaçam desabar a qualquer momento. Que nada! A coisa funciona lindamente. Mas você precisa estar dentro dela para entender isso.

Eu entrei na barriga da fera quando viajei o Brasil a serviço do partido. Passei, finalmente, a entender os fios que unem todo mundo em uma única e gigantesca teia. Do presidente da República, seus ministros e seus assessores aos congressistas, então às bases eleitorais – onde alguns interesses são negociados com governadores e deputados, enquanto outros são tratados sem intermediários com os municípios. É nessa esfera restrita da política que atuam, em geral, os mercadores de votos. E os resultados são distribuídos por toda a rede, incluindo o chefe supremo da nação.

Suponhamos o seguinte: um candidato à Presidência tem laços históricos com um deputado federal de determinado estado e quer seu apoio efetivo – traduzindo, todos os votos que ele puder arrebanhar. O deputado, por sua vez, quer se eleger senador e sabe que as chances são maiores em sua base eleitoral, uma cidade média que influencia uma área grande nos arredores.

Então, ele se conecta com líderes influentes na cidade. Por exemplo, um vereador oriundo de um bairro pobre, muito populoso e com infraestrutura precária, veterano na Câmara Municipal.

Aí o que o deputado faz? Com a anuência do candidato à Presidência, mobiliza toda a bancada do partido para a aprovação de emendas parlamentares que levem melhorias – asfalto e rede de esgoto, por exemplo – ao reduto do vereador. Parte do dinheiro é realmente destinada às obras, enquanto uma bela fatia é dividida entre os interessados. O deputado é remunerado pela articulação política, e o vereador recebe um borderô, verba que inclui seu próprio cachê e o dinheiro para afagar o eleitorado com mimos variados. Todo mundo ganha, pois o vereador faz campanha para o candidato à Presidência, para o candidato ao Senado e para ele mesmo, que dali a dois anos concorre à reeleição no município.

Em época de campanha, o comitê se transforma em um misto de clube recreativo e posto de atendimento aos eleitores; ou seja, trabalha no atacado e no varejo.

O varejão era minha área no início. Eu achava que já havia visto muita coisa no comitê do Parque Cocal, mas aquilo era só uma pequena amostra do montante de coisas pedidas e oferecidas – sem falar na criatividade de alguns deles. Os eleitores pedem de tudo: remédio, carona, ambulância, emprego, lote, registro de nascimento, laqueadura de trompa, acerto de conta de água e energia, taxa para casamento, caixão, espingarda, crédito para celular, rádio de pilha, televisão, geladeira, bola, uniforme escolar, comida, semente, instrumento de trabalho, bolsa em programas sociais, sofá, cadeira, mesa, lâmpada, travesseiro, lençol, aliança de noivado e de casamento, tralha para pescar, mosquiteiro, passagem de ônibus, gasolina, querosene, creolina, sabão em pó, água sanitária, medidor de corrente elétrica, cabo de aço, carrinho de mão... Por falar em carrinho de mão, pedem muito tijolo, pedra, cimento, azulejo, piso, cal, torneira, chuveiro, porta, madeira, massa corrida, tinta, carpete, tapete, tomada, lâmpada e tudo o mais que possa ser utilizado na edificação de uma casa. Eleição é tempo em que muitas residências são construídas e reformadas. Se quiser saber se é verdade o que estou falando, pergunte ao dono de uma loja de materiais de construção.

Isso me faz lembrar uma história que me contaram em Barra do Jabutiaçu. O vereador Tibiriçá, quando concorria à prefeitura da cidade, doou um tanque de lavar roupa a uma eleitora. Ele tinha esquema em uma loja de material de construção: era só o eleitor chegar ao Armazém Tico-Tico com um papelzinho assinado pelo coordenador de campanha e retirar o produto.

Pois bem: Tibiriçá perdeu e ficou possesso. Na noite da eleição, quando o pessoal do partido bebia o chope comprado para a festa da vitória, ele desabafou a um correligionário.

— Sabe o que me chateia, Alcino? Esse pessoal é muito ingrato... — disse e precisou se escorar na parede para não cair de bêbado. Mas continuou: — Fiz de tudo para esse povo. Até paguei um tanque para Esmeralda Vasconcelos, aquela bruxa!

Alcino, tão embriagado quanto o candidato, tapou a cara com a mão direita.

— Oooooxe!

— Que foi, cabra? — Tibiriçá estava cada vez mais irritado.

— É que meia hora atrás eu saí para comprar cigarro e...

— E o quê? Desembucha, cara!

— Então, a dona Esmeralda estava na carreata da vitória do Firmino Jatobá. Com camiseta de campanha e bandeirola na mão.

Tibiriçá ficou roxo de raiva.

— Pois então a bruxa vai ver.

Na manhã seguinte, Esmeralda encontrou seus três gatos mortos no quintal. Envenenados. Pouco depois das dez, chegaram Pinga e Ceará, capangas do candidato Tibiriçá. Eles atravessaram a casa até a área de serviço e arrancaram o tanque. Foi aquela molhadeira.

Uma gritaria da dona Esmeralda. Todo o bairro saiu à rua para assistir.

Não adiantou a velha dizer, aos berros, que quem estava na carreata era Ametista, sua irmã gêmea.

Às vezes a barganha por votos adquire tons de comédia pastelão. Em Cambuquira do Rio Manso, fui chamado para ajudar na campanha do dr. Aristodemo Freitas, renomado dentista local. Entre suas promessas de campanha, estava o atendimento dentário gratuito para todos os rio-mansenses.

Aristodemo teve uma ideia genial para alavancar sua campanha: prometeu dentaduras. Contratou um protético, que passaria duas horas medindo bocas banguelas do Jardim do Éden 2, conjunto habitacional caindo aos pedaços ao norte da cidade. Acontece que a demanda foi mais de dez vezes maior do que a esperada. Dario, o protético, precisou trabalhar três dias inteiros. E, claro, não deu tempo de todas as dentaduras ficarem prontas antes da eleição.

Na reta final da campanha, Aristodemo fazia corpo a corpo no centro da cidade quando foi abordado por um homem de idade.

— Mentiroso! Pilantra!

Os seguranças e os assessores do candidato tentaram fazer o senhor se calar, mas não adiantou.

— Onde está minha dentadura? Você não vale um balde cheio de merda!

Naquele momento, o dentista perdeu a compostura. Arrancou os próprios dentes postiços e os colocou nas mãos do eleitor idoso.

— Quer dentadura? Toma a minha!

O homem jogou a prótese no chão e a pisoteou repetidamente.

— Não quero essa porcaria.

Aristodemo ficou atônito. Eu tratei de recolher do chão a dentadura, toda babada, suja de terra e quebrada em vários pontos. O velhinho furioso foi arrastado pelos seguranças. Não sei o que aconteceu com ele; nunca soube de seu paradeiro. Quando o clima acalmou, Aristodemo se virou para mim, deu um sorriso meio banguela e disse:

— Quer jantar lá em casa? Vou pedir à Marlene que prepare uma sopa.

Nem tudo é tão inusitado. Alguns objetos são tão frequentes nos pedidos que a gente monta um pequeno estoque dentro do próprio comitê. Cadeira de rodas, por exemplo. Nós as recolhemos de hospitais e secretarias de saúde de administrações amigas para distribuir aos eleitores na campanha. As pessoas não sabem, mas o Estado tem obrigação legal de fornecer essas cadeiras aos cidadãos. Quando presenteamos alguém com uma cadeira de rodas, a família fica tão agradecida que nos dá uma dúzia ou mais de votos.

* * *

Como eu dizia há pouco, ninguém ganha eleição pegando por vez um votante – nem, que seja, uma dúzia. É preciso pescar com rede de arrastão, não com vara de taquara. Todas as táticas para essa pesca ter sucesso envolvem reunir dezenas de eleitores no mesmo ambiente e ter certeza de que eles sairão de lá com um santinho no bolso – ninguém vota em vereador nem em deputado sem levar cola. São números demais para gente despolitizada decorar.

No dia da votação, o partido disponibiliza ônibus ou caminhões – dependendo do orçamento e do bairro – para transportar eleitores de áreas afastadas até suas seções eleitorais. Antes de entrar no veículo, nosso pessoal pede que cada um deles entregue os santinhos que carrega consigo. Substituímos as filipetas de candidatos adversários pelas nossas. Quando alguém se recusa a entregar o santinho, alegando que não recebeu nenhum, nós não deixamos embarcar. É sempre mentira. Que espere a próxima carona ou vá a pé.

Bem antes disso, investimos em algumas táticas quase certeiras. Comida e bebida grátis são uma arma eficiente, simples e barata. Por isso, tratamos de alimentar bem nossos eleitores.

Quando trabalhei para o partido em Planalto dos Campos, o comitê alugou um prédio comercial bem no centro da cidade, ao lado da rodoviária. Era gente que enchia a rua. Abrimos lá um restaurante self-service. Foi ideia do Agostinho Tadei, candidato a prefeito. Mantínhamos duas moças bonitas na porta para abordar os transeuntes. Quando lhes perguntavam o preço da refeição, elas respondiam que era de graça, mas com uma condição: que trocassem o folheto do candidato do outro partido pelo do nosso. Ninguém recusava. A notícia se espalhou, e as filas do bufê chegaram a dobrar o quarteirão. Até que, um dia, desapareceram. Assim, do nada.

O candidato Tadei chamou Marcão, seu braço direito, e ordenou:

— Vá investigar que merda é essa!

O capanga voltou com más notícias. Ciro Bertolli, candidato do PPP (Partido Popular dos Pobres), havia imitado nossa ideia. Montou seu próprio restaurante na praça do Correio. Além da comidinha trivial, servia churrasco e ainda dava sorvete de sobremesa. Tadei espumou de ódio.

— Aquele filho da mãe vai ver. Marcãããão!

O candidato cochichou algo no ouvido do ajudante, que assentiu. Depois, tirou um frasco da gaveta de sua mesa e o entregou para Marcão, que saiu da sala. Nenhum de nós entendeu o que aconteceu, pois Tadei voltou a ficar alegre e brincalhão.

Na manhã seguinte, o jornal *O Planaltino* estampava a seguinte manchete: INTOXICAÇÃO ALIMENTAR LEVA

QUARENTA E SETE AO HOSPITAL. A reportagem interna dizia com todas as letras que a comida era distribuída gratuitamente pelo candidato Ciro Bertolli.

Tadei havia mandado o capanga jogar laxante no feijão do restaurante do adversário. Quanto ao nosso restaurante, fechou as portas naquele mesmo dia, pois não era mais necessário. A eleição estava ganha.

Quando não tem laxante, o churrasco é um truque infalível. É incrível o quanto o brasileiro gosta de carne na brasa – nem que seja aquele franguinho sem gosto. A graça do negócio é a cerveja. E cerveja não é problema para nenhum candidato: as distribuidoras de bebida sempre estão envolvidas com políticos. Não existe campanha sem churrasco. Pode acontecer no próprio comitê ou numa chácara alugada, de preferência bem longe, para que os convidados dependam de nós para o transporte na ida e na volta.

Presenciei um churrasco histórico em Estância da Fronteira, para onde o partido me enviou com a missão de ajudar na campanha da Heinrich Hetzger, herdeiro de um poderoso pecuarista local. O pai, Thomas, morrera recentemente. Na condição de filho único, H.H., como era conhecido, assumiu os negócios com a ambição de expandi-los dentro e fora do país. Pensou que entrar para a política era o caminho para facilitar contratos – ser prefeito de sua cidade era o primeiro passo. Só que o alemão, além de ter um nome impronunciável, era completamente virgem nas artes da política. Amador total. Mas era muito rico, o que convinha ao partido. Então, fui mandado para aquele fim de mundo.

Quando conheci H.H., ele quase esmagou minha mão ao me cumprimentar. Perguntou-me o que deveria fazer para conquistar a simpatia de seu povo. Sugeri um churrasco, dei outros conselhos, estudei o perfil demográfico da cidade e embarquei de volta num jatinho. Apareci de novo no dia da festa.

Aquilo não era um churrasco, era uma orgia, uma comilança que faria um patrício romano corar. No gramado em frente à sede de uma de suas fazendas, Heinrich alinhou dezenas de fogueiras em que animais inteiros eram assados ao mesmo tempo. Espalhadas pelo campo, tendas serviam chope e vinho à vontade. Era gente de todo lado, de todos os bairros da cidade e além. Orgulhoso, H.H. me dizia que havia matado nada menos que duzentos bois. E não é que a carne acabou?!

Quando isso aconteceu, o alemão pediu paciência ao povo e mandou reabastecer os braseiros com ovelhas de um frigorífico seu que ficava a mais de duzentos quilômetros de distância. Enquanto isso, ninguém se incomodou em apenas beber e comer linguiça e arroz de carreteiro.

No total, a festa durou dois dias e meio. Curiosidade: uma senhora registrou boletim de ocorrência na delegacia de Estância da Fronteira porque seu filho adolescente, morador de um bairro popular na periferia, havia embarcado numa caminhonete cheia de outros rapazes e desaparecido. O mistério foi resolvido horas depois do fim da festança, quando um funcionário da fazenda limpava o estábulo: o rapaz dormia profundamente na mesma cocheira que a égua Caprichosa. Ele nunca soube explicar o que aconteceu de fato.

O pecuarista foi eleito por larga margem depois de tamanha generosidade. Empossado, arruinou as finanças da prefeitura – não entendeu que esbanjar nem sempre é a melhor estratégia. Ainda tentou candidatar-se à Câmara dos Deputados, numa campanha milionária bancada pelo penhor de suas fazendas. Semanas antes da eleição, o candidato Isaac Leibowitz, ativista judaico, entregou à imprensa um dossiê que denunciava a ligação do pecuarista com grupos de extrema direita. A origem alemã e o apelido H.H. – confesso que eu não tinha percebido a coincidência – tornaram a conspiração verossímil. Heinrich Hetzger foi discretamente desfiliado do partido e hoje cuida de um empório de frios em Estância da Fronteira.

Não basta dar pão – ou churrasco – ao povo para transformar dinheiro em votos. É preciso inserir-se na teia, ativar as conexões certas entre a classe política e o eleitorado. Esses intermediários são pastores, blogueiros, sindicalistas e outros picaretas bons de discurso. Alguns aprendem na marra; H.H. nem na marra aprendeu.

A política, definitivamente, não é para amadores.

5.

Sindicato de picaretas

O Figueiras é meu restaurante favorito na capital federal. Meu e de toda a classe política, convenhamos. Por isso mesmo, não é o lugar mais adequado para conversas que exigem privacidade. A chance de esbarrar num conhecido – ou, Deus me livre, num jornalista – é enorme. Eu avisei Ataliba, mas ainda assim ele quis jantar lá. Pobre é fogo: quando se aboleta nos ambientes de ricos e poderosos, fica deslumbrado.

Ataliba Pacheco – o popular Ataliba do Busão – era presidente do sindicato dos motoristas e dos cobradores de ônibus em Taquaral de Cima. Tinha vindo a meu encontro para negociar a debandada da categoria para nossa candidatura à prefeitura da cidade. Situação delicada. Três anos antes, Ataliba e seus choferes tinham se alinhado com o sindicato patronal (Sindiporte) e ajudado a eleger Silvio Otacílio de Sá, o S.O.S., adversário histórico do deputado Peçanha. A relação azedara com o tempo: o prefeito não cumprira a promessa de cozinhar em banho-maria a instalação de terminais de cobrança automática nos ônibus. Com toda a frota equipada com o sistema Bilhete Rápido, o passageiro só precisava encostar um cartão no leitor para liberar a roleta. Não precisava interagir com os cobradores – só os mais educados, coisa cada vez mais rara, davam bom-dia aos trabalhadores.

Ocorre que os donos das viações permaneceram fiéis a S.O.S. Por sua vez, o prefeito atendeu a todas as demandas: reajustou a tarifa e manteve o oneroso subsídio da Secretaria de Transportes. Isso colocou os cobradores e os motoristas em xeque. Caso se rebelassem publicamente contra os patrões, a represália seria inevitável. O Bilhete Rápido havia transformado os cobradores em figuras decorativas. Cada reivindicação de reajuste salarial era respondida com uma ameaça velada de demissão coletiva. No entanto, Ataliba planejava sua vingança.

Ele escolheu uma mesa no fundo do salão e pediu uma cerveja.

— E o sr. Carlos, o que vai beber? — perguntou Torres, meu garçom predileto no Figueiras.

— Só água sem gás, Torres. E peça ao chef Moreira que mande o que estiver melhor hoje. Estamos nas mãos dele.

Ataliba estava agitado. Queria resolver rápido o negócio.

— Então, Cacá. Estou disposto a mobilizar a categoria para eleger Túlio Duarte. Mas precisamos de uma contrapartida de vocês.

Eu já estava preparado para o momento "Porta da Esperança".

— O que posso fazer para ajudar a categoria?

Ataliba foi direto ao ponto.

— Cancelar o Bilhete Rápido. Esse negócio colocou a gente de joelhos.

Franzi o cenho e respondi do modo mais educado possível:

— Não temos como fazer isso, Ataliba. O Bilhete Rápido foi uma bola dentro da gestão atual. Se cancelarmos o programa, seremos massacrados pela população de Taquaral.

Ataliba dobrou o guardanapo e apoiou as mãos sobre a mesa para se levantar.

— Desculpe, mas assim não tem negócio.

Eu estendi o braço e fiz um gesto para ele voltar a sentar-se.

— Calma, homem. Ouça o que nós temos a oferecer. Se não gostar, pode ir embora.

O sindicalista olhou-me desconfiado, mas se acomodou na cadeira. Conferiu a hora no relógio — um Rolex legítimo — e bufou, impaciente. Nesse momento, Torres chegou com o primeiro prato: escargots à bourguignonne. Ataliba arregalou os olhos.

— Que merda é essa?! Caramujo?!

Precisei me esforçar para conter o riso.

— Pode confiar, Ataliba. É uma delícia.

Ele puxou o cesto de pães e começou a comê-los vorazmente, enquanto me fuzilava com o olhar.

— Fala logo, Cacá. Embarco amanhã bem cedo para Taquaral.

Retirei da pasta um calhamaço e o entreguei a Ataliba. Era um dossiê que detalhava as negociatas do sindicato patronal com a prefeitura de S.O.S. – tudo inventado, é claro.

— Isso vai melar a reeleição do prefeito. Entregue os documentos ao jornal *A Taquara*, e o S.O.S. está acabado. Moraes, do Sindiporte, também. Nós não podemos fazer o serviço. Nenhum jornalista publicaria o dossiê sem investigar a fundo.

Ataliba sorriu.

— Amanhã mesmo!

Eu o interrompi para pedir calma.

— Espere até duas semanas antes da eleição. Se a bomba estourar agora, a prefeitura e o Sindiporte terão tempo de desmontar a armação. E aí o tiro vai sair pela culatra.

Ele parecia intrigado. Refletiu durante alguns segundos e me perguntou:

— Ótimo. Vocês ganham a eleição, Moraes cai... Mas e nós? Qual é nossa garantia?

Mais uma resposta que eu tinha na ponta da língua.

— Se for eleito – e vai ser –, Túlio Duarte vai rever todas as licitações da secretaria. Vamos colocar gente amiga para fazer o transporte em Taquaral. Vocês terão reajuste e estabilidade durante nossa gestão. Palavra de honra.

Ataliba sorriu, satisfeito. Sem falar nada, estendeu a mão para apertar a minha. O acordo estava fechado. Então, Torres se aproximou mais uma vez, com *rognons de veau au* Porto. Minha companhia examinou a comida com o garfo.

— E isto, o que é?

Não foi fácil manter a seriedade.

— Rins de vitelo. Bezerro bem novinho.

Ele fez cara de nojo extremo e desabafou:

— Puxa vida, Cacá. Não me leve a mal, mas eu não consigo encarar essa comida de fresco. Vou comer um queijo quente na padaria do outro lado da rua.

E novamente se levantou. Subitamente, a sua expressão se transformou. O rosto parecia se derreter em pavor. Ataliba sentou-se de volta e escondeu-se atrás do cardápio. Eu entendi muito pouco.

— O que houve?

— Olhe quem acabou de chegar. Carol, mulher do Moraes. Se ela nos vê juntos aqui, estou cagado — sussurrou.

Eu examinei o salão e pus a mão no braço de Ataliba para tranquilizá-lo.

— Pode sair do esconderijo. Veja, ela está acompanhada de um homem. Acabou de pegar na mão dele. E não é o Moraes.

Acenei para o casal, chamando-lhes a atenção. Carolina Moraes desviou o rosto, como se não tivesse me visto. Falou algo no ouvido do companheiro. Em seguida, os dois saíram do restaurante. Como ainda tinha gente que não entendia que o Figueiras não era para essas coisas?

Ataliba ficou tão feliz que comeu todos os diminutos rins. Só faltou lamber o prato, o brutamontes.

O roteiro que tracei com Ataliba cumpriu-se com precisão. Um mês antes da eleição, a categoria ameaçou entrar em greve se não tivesse a reposição da inflação mais vinte por cento de ganho real. O Sindiporte endureceu e ameaçou demitir quem faltasse ao trabalho. Foi a deixa. Na manhã seguinte, setenta por cento dos veículos da frota não saíram das garagens. Os fura-greves eram agredidos a pauladas; os ônibus, evacuados, eram incendiados por vândalos encapuzados.

Em meio ao caos no transporte, os motoristas entregaram o dossiê ao jornal *A Taquara*. O assunto era urgente e precisava ser publicado logo. Os envolvidos desmentiram tudo, porém não conseguiram consertar o estrago antes da eleição.

Túlio Duarte, nosso candidato, venceu com margem folgada. Ao assumir a prefeitura, abriu novas licitações no transporte e aparelhou o setor com nossa gente. O Sindiporte também estava sob controle dos aliados.

A única surpresa ficou reservada para Ataliba e seus asseclas. Quando ele bateu na porta do novo prefeito para cobrar a promessa do reajuste de salários, ouviu um sonoro "não". Quando começou a falar grosso, a ameaçar fazer isso ou aquilo, o chefe de gabinete mostrou-lhe um documento que havíamos guardado para aquela ocasião. Era um dossiê que esmiuçava a associação entre o sindicato dos motoristas e o Comando Regional da Periferia, maior organização criminosa do estado. Metade da diretoria do sindicato estava enrolada com os piores elementos do crime organizado.

Ataliba sabia que o dossiê era quente. Saiu da prefeitura com o rabo entre as pernas e, daquele dia em diante, ficou mansinho. Com bandido, não dá para vacilar. Tem que jogar o jogo. É assim com boa parte dos sindicalistas, infelizmente.

* * *

Suei muito para aprender a lidar com sindicalistas, povo matreiro. Mas pelo menos tive tempo para aprender. Depois das eleições municipais em que rodei o país a serviço do partido, pude novamente estabelecer residência fixa. Quer dizer, mais ou menos. Passava metade do tempo na capital do estado e a outra em Brasília. Cuidava dos interesses do deputado Peçanha em seu gabinete e também dialogava com nossa base eleitoral. Precisava garantir a reeleição do patrão.

Foi nessa época que passei a tratar diretamente com as forças que podem decidir uma eleição em um golpe só. Falo da mídia, de lideranças empresariais, de lideranças religiosas. Os sindicatos são particularmente complicados. Isso porque têm o poder de sacudir toda a população até obter um privilégio para sua categoria. E, se atingem o objetivo, provocam um desequilíbrio que pode ter consequências danosas para a sociedade em geral.

Pense no poder que têm organizações classistas de bancários, funcionários do Judiciário, policiais, caminhoneiros, aeroviários, agentes alfandegários e outros tantos. Um movimento grevista em qualquer um desses setores bagunça a ordem da comunidade como um todo. Não dá para ignorar. Essas categorias sentam-se à mesa de negociações em posição desigual, olhando para baixo. Sabem que têm um trunfo enorme. E quando uma delas vence a queda de braço por um reajuste maior que a inflação ou outra regalia, as outras vão atrás para conseguir os mesmos "direitos". Como se diz no interior: passa boi, passa boiada. Se esse efeito ocorre no setor público, pode arruinar o orçamento municipal, o estadual ou até mesmo o federal. No setor privado, gera aumento de preço para mercadorias e serviços. Em português claro, inflação. E a inflação atiça a sanha dos sindicalistas por reposição salarial, numa bola de neve infinita.

O político precisa ter isso em mente quando negocia com sindicatos. Essa negociação é inevitável, ninguém pode fugir da raia. Numa eleição municipal, faz enorme diferença contar com o apoio de taxistas e motoristas de ônibus. Policiais, professores e médicos da rede pública podem decidir a parada na esfera estadual. Funcionários públicos como servidores do Judiciário, dos Correios, da Receita Federal, além de bancários, aeroviários e outros têm o poder de embolar o meio de campo na disputa por postos de abrangência federal. A regra vale para o Executivo e o Legislativo, porque a imagem do partido situacionista é sempre afetada quando há ruptura da ordem.

Assim, "astúcia" é a palavra-chave para tratar com sindicalistas. Não adianta entrar com o pé na porta, contar com a força, com uma investida fulminante. Essa é a arma deles. Para dobrá-los, é preciso estudá-los até descobrir um flanco desguarnecido. Como eu fiz com Ataliba do Busão.

Outra dificuldade em lidar com esse tipo de gente é a intransigência. Quando não é bandido, o sindicalista acredita em bobagens ideológicas. Com esses não dá para conversar. Eles já têm os candidatos do próprio partido e não mudam de ideia nem a pau. Conheço bem esse meio. Eu mesmo já fui assim.

No entanto, há outra classe de sindicalistas completamente aberta ao diálogo. São trabalhadores malandros que descobriram uma boa maneira de adquirir poder e dinheiro e – melhor ainda – parar de trabalhar. Conheço certos tipos que não pisaram mais numa fábrica nos últimos vinte anos. Uma maravilha!

E o curioso é que o dinheiro aparece quase magicamente. No sindicalismo de picaretas, basta esperar o dia do pagamento e – zás! – aparece uma pequena fortuna na conta-corrente. Até quem não é filiado tem que pingar a tal contribuição sindical. É automático. Todo trabalhador com carteira assinada "doa" um dia de salário por ano ao sindicato e a outras associações classistas. Uma das melhores invenções que já vi.

Quando a gente encontra um bom pelego, é hora de fazer a festa. Gosto de tratar com eles: são relativamente baratos e mobilizam uma massa enorme de votos. Alguns deles fingem até que nos fazem oposição. Esculhambam com a gente na assembleia do sindicato, mas saem de lá e tomam vinho à noite comigo. Isso mesmo! Muitos sindicalistas abandonaram a cachaça há tempos e agora sabem degustar um bom Bordeaux – tem aqueles que cheiram a rolha e mandam de volta o vinho que julgam estar estragado. Sinal dos tempos. No final, recomendam a toda a base votar na gente. E o pessoal vota que é uma beleza!

Um exemplo clássico de sindicalista pelego é Astolfo Trindade, velho conhecido meu. Durante todo o período da faculdade, o sujeito nunca se envolveu com o movimento estudantil. Em vez de assistir às aulas, passava o dia bebendo cachaça num botequim fuleiro no bairro Pedra Branca – comunidade que nasceu como invasão no terreno da universidade. Ninguém sabe como ele se formou em direito. De qualquer forma, ele nunca sequer tentou advogar.

Conhecido por todos como preguiçoso incorrigível, Astolfo enveredou por todo tipo de profissão em que imaginava ser possível ganhar dinheiro rapidamente – e, a melhor parte, sem ter que trabalhar. No começo, só quebrou a cara. Nada do que ele tentava dava certo. Uma vez, pensou que faria fortuna sendo dono de videolocadora. Bastava colocar os DVDs na estante, pagar salário baixo a algum atendente e passar no estabelecimento para pegar dinheiro quando precisasse.

Quebrou em três meses e ainda ficou devendo um bocado. Foi roubado não só pelo jovem que ele tratava como escravo, mas pelos adolescentes da vizinhança, que logo notaram que a vigilância era mínima. O resultado é que ele não pagou os DVDs nem tinha mais quase nenhum para devolver. Ficou com o nome sujo na praça um tempão por causa disso. Assim, teve que se virar de outras maneiras. Tentou negociar muamba vinda do Paraguai. Desistiu, depois da primeira viagem, ao ver o trabalho que dá.

Acabou se acomodando no gabinete do vereador Filinto Capixaba. Ali, Astolfo se estabeleceu como uma espécie de puxa-saco oficial. Só aparecia quando era hora de levar o edil para fazer alguma coisa errada, como receber propina, sair com a amante novinha ou viajar para eventos fajutos pagos pelo contribuinte

Era dessa parte que o Astolfo mais gostava: viajar. Ficou fácil quando começou a trabalhar para Filinto. Existem empresas que organizam encontros de vereadores em cidades de enorme importância política e econômica, como Praia do Lagarto, Coqueiral das Dunas, Caldas do Rio Azul e outros destinos turísticos. Quem lê a programação fica surpreso, quiçá esperançoso, ao imaginar tantos homens devotados à República lotando auditórios para ouvir palestras sobre temas tão relevantes. Só que, na verdade, ninguém participa de congresso nenhum. Centenas de vereadores de toda parte do Brasil aproveitam essas escapadas para pegar praia, tomar uísque e gastar com prostitutas o dinheiro das diárias.

A vida estava mansa para Astolfo, até que um dia a amante novinha de Filinto apareceu grávida. Para conter o falatório, o vereador prometeu aos pais da moça que pagaria uma indenização. Astuto, o pai da grávida acusou o político de ter tirado a virgindade de sua menina. Filinto não tinha ideia se a alegação era verdadeira – e isso não interessava, pois qualquer argumentação seria inútil naquele momento. Foi assim que ele teve a ideia de propor um acordo mais polpudo.

— Pago cinco mil reais pela virgindade dela.

O velho aceitou a proposta. Só faltava agora Filinto conseguir o dinheiro – ele nem cogitou sacar de sua conta pessoal. Pediu a Astolfo que fosse até o prefeito e lhe dissesse que, naquele mês, o mensalinho precisaria ser maior. O puxa-saco voltou de lá com um cheque no valor desejado. Exatamente a quantia de que ele precisava para pagar pela virgindade da moça.

Astolfo foi pessoalmente levar o cheque para o velho e ambicioso "sogro". Mas o tiro saiu pela culatra. Ansioso para abafar o escândalo, Filinto não observou que o cheque era da conta do SUS, o Sistema Único de Saúde. Ele devia ter descontado o cheque, não transferido imediatamente para o destinatário. Só descobriu o ocorrido no dia seguinte, quando lhe mostraram a primeira página do *Jornal da gente*. E a manchete era a seguinte: VEREADOR PAGA VIRGINDADE COM DINHEIRO PÚBLICO.

O velho havia sido mais esperto e, ao perceber o que tinha nas mãos, tratou de vender o cheque para o chefe do partido rival, gente que havia muito tempo queria a cabeça do vereador.

É claro que a primeira cabeça a rolar foi a do Astolfo. Ele levou a culpa por tudo e voltou para a rua da amargura. Assim, além do nome negativado, ele estava proscrito no meio político. Nem pensar em conseguir outro cargo com algum mandatário local.

Aparentemente só restava uma alternativa: trabalhar, pela primeira vez na vida. Para driblar essa dificuldade, ele resolveu criar um sindicato. Mas como, se não trabalhava em categoria nenhuma?

Esse problema ele solucionou entrando na fila de emprego de um grande empreendimento que se instalou no munícipio. Era um negócio na área agroindustrial, uma fábrica de óleo de soja. A Óleo Frajola. Como eles precisavam urgentemente de mão de obra, caíram na bobagem de registrar Astolfo. Nas primeiras semanas, ele até comparecia ao trabalho – não queria, afinal, deixar transparecer sua real intenção. Mas seus planos já tinham sido traçados muito tempo antes, nos incontáveis dias de ócio. Como diz o ditado, mente vazia é oficina do diabo.

A história já começou esquisita. A primeira pessoa que ele procurou para ajudá-lo com o assunto foi o deputado federal Cândido Peçanha. Precisava de auxílio em Brasília para garantir a rápida tramitação, junto ao Ministério do Trabalho, do processo de criação do sindicato. O deputado Peçanha, que sempre foi governista, não teve nenhuma dificuldade para fazer com que andassem rapidamente com a papelada. Em troca, ganharia o voto dos futuros sindicalizados.

Astolfo convidou só gente dele para a assembleia geral de fundação do Sindicato dos Operadores de Máquinas da Indústria de Óleos Comestíveis, Margarina e Gordura Vegetal Hidrogenada da Capital e Região Metropolitana. Foi aclamado presidente com a promessa de conceder aos companheiros acesso igualitário àquilo que ele mais prezava: dinheiro e vida folgada.

Assim nasceu o que eu passei a chamar de "Sindicato de Picaretas". Bastou eu usar esse nome em duas conversas de boteco para a expressão pegar. Um sindicato presidido por um cara como Astolfo, que nunca martelou nem prego em barra de sabão, só poderia merecer esse apelido.

Fundado o sindicato, o malandro que o presidia passou a extorquir os donos da empresa, vender os votos dos filiados quando chegava uma eleição e... viajar. Só que agora não precisava mais puxar o saco de ninguém, tampouco estava limitado a gastar dinheiro de diárias. Promovia farras nababescas e pagava tudo com dinheiro de gente que ralava para sobreviver. Um dia de suadouro na fábrica valia meia hora com uma prostituta adolescente. Astolfo, que só bebia uísque vermelho quando viajava com Filinto, mudou para o rótulo azul e para single malt.

O negócio ficou tão esculhambado que ele chegou a participar de um congresso sindical em Orlando, na Flórida. Divulgou na cidade que havia sido convidado para uma conferência internacional com líderes de trabalhadores, mas na verdade usou o evento como desculpa para conhecer a Disney, seu sonho de infância. Ficou por lá perambulando com a namorada do mês, acordando às onze da manhã e tirando o resto do dia para vadiar, e ainda teve o deboche de publicar na internet fotos em que ele aparecia abraçado ao Pateta e ao Pluto. Isso tudo custou uma fortuna, e nem um centavo saiu do bolso do mequetrefe.

E não era só isso que onerava o sindicato. Ele empregou seus parentes em funções extremamente cobiçadas. Lara Trindade, sua irmã, foi contratada como consultora, com um salário de trinta mil reais.

Uma das namoradas de Astolfo foi contratada como auxiliar especial da presidência. Faturava, a cada mês, quase quarenta mil reais.

Para assegurar-se de que nunca seria denunciado e de que seria permanentemente reeleito presidente, o picareta definiu uma retirada mensal de vinte mil reais para todos os diretores.

Para ele, ficou a bagatela de cinquenta mil reais por mês, fora benefícios como viagens e jantares de trabalho – senha para as noitadas na boate Love Girls. Quantia maior ainda chegava, com a mesma periodicidade, diretamente do cofre da empresa cujos trabalhadores ele supostamente representava. Os empregados sofriam grandes perdas em todas as negociações. Astolfo abria as pernas para a empresa, falando uma coisa para os sindicalizados e agindo de forma contrária na calada da noite. Toda vez que havia negociação salarial, o meliante ficava um pouco mais rico.

Se você acha que era só isso, está muito enganado. Ganancioso, Astolfo só não tinha preguiça na hora de inventar modos desonestos de ganhar dinheiro. Contratava empresas fantasmas para prestar serviços para o sindicato por valores altíssimos. Embolsava sessenta por cento e deixava o restante para os demais membros da quadrilha.

Nas assembleias, apresentava uma prestação de contas que mais parecia um conto de fadas. O contador era Joselito Pereira. O coitado sofria pressão de todo jeito para justificar os gastos absurdos do picareta e ainda tinha que fingir que estava tudo normal, especialmente depois de aparecerem uns comunistas querendo tomar o sindicato. Era um pessoal novato, liderado por um tipo saído da faculdade e que falava diretamente com os trabalhadores na fábrica. Como Astolfo nunca trabalhou de verdade, nem sequer conhecia os empregados que "liderava". O resultado é que, quando fizeram uma pesquisa informal, o jovem opositor aparecia com oitenta e seis por cento de intenção de votos na eleição do sindicato.

Para se livrar do rival, Astolfo marcou encontro reservado com o dono da Óleo Frajola. A conversa se desenvolveu mais ou menos nos seguintes termos:

— Preciso de um favor — disse o sindicalista.

— Pelo que eu saiba, não estamos nem perto do dissídio da categoria — respondeu o diretor-executivo da empresa.

— Não é isso. Estou falando de Mateus Melo, candidato da oposição no sindicato. Se não fizermos alguma coisa, ele vai ganhar a eleição. Aí, tanto eu quanto você estaremos ferrados.

— Pois é. Já percebi que o discurso dele é meio radical. O sujeito é carne de pescoço. Com certeza eu prefiro continuar a tratar com você.

— Tenho um plano. Preste atenção no que vou te falar.

Parecia simples. Astolfo pediu que a empresa demitisse Mateus Melo. Demitido, ele não faria mais parte da categoria e não poderia mais se candidatar. Mas havia um problema: o oposicionista havia sido eleito meses antes para integrar a Comissão Interna de Prevenção de Acidentes (CIPA). Com isso, adquiriu estabilidade – ou seja, não podia mais ser demitido enquanto não terminasse o mandato.

Depois de consultar um advogado, a empresa demitiu Mateus assim mesmo. Pôs o cara no olho da rua de maneira ilegal. Ele ganhou na Justiça os salários a que teria direito no período do mandato na CIPA. Declarou-se que a demissão havia sido feita contra a lei. Mas aí era outra conversa. A eleição já havia passado, e Astolfo Trindade ganhou novamente em uma eleição com chapa única.

A empresa pagou muito feliz a indenização devida a Mateus. Com isso, garantiram que o sindicato continuaria presidido por alguém fácil de dialogar. Para comemorar, Astolfo comprou sua primeira casa de veraneio em Monte Agudo do Oeste, a duas horas de carro da capital. Estava cada vez mais rico e poderoso.

Astolfo podia ser canalha, preguiçoso, insidioso, pilantra e traiçoeiro, mas tinha seu valor para nós. Ganhamos a última eleição aqui no município justamente porque ele estava chantageando o prefeito anterior. Queria, de qualquer jeito, ganhar dinheiro da prefeitura. Para isso, pediu a aprovação de um projeto em que se faria a transferência de quinhentos mil reais dos cofres públicos para o sindicato, a pretexto de um programa de treinamento avançado para os trabalhadores.

Claro que o prefeito não aceitou. Não que ele fosse honesto, mas o roteiro traçado por Astolfo não previa nenhuma participação para o chefe do Executivo municipal. Astolfo queria tudo. Para ter certeza de sair vitorioso, o sindicalista convocou uma greve que bloqueou todas as estradas de acesso à cidade. Isso bem na véspera de um feriado prolongado – imagine o transtorno e a irritação da população.

Astolfo pagou a um blogueiro amigo para espalhar o boato de que tudo isso só estava acontecendo porque o prefeito era intransigente e não aceitava dialogar com os líderes da sociedade. No final das contas, o prefeito teve que desembolsar o dobro do que o malandro havia pedido inicialmente – verba que seria destinada para colocar a máquina administrativa a serviço da campanha eleitoral. Foi isso que desfalcou nosso rival e fez com que nós tivéssemos meios para ganhar a eleição.

Além de ganhar quatro milhões do prefeito derrotado, Astolfo ainda levou uma bolada nossa. Pagamos ao picareta metade desse valor. Foi o preço que ele cobrou para nos dar todos os votos de seus sindicalizados.

Quem negocia com tipos do naipe do Astolfo pode se considerar pós-graduado em política. Eu havia me tornado profissional.

6.

Pecados eleitorais

— Aleluia, irmãos! — gritou o pastor Laurentino.

— Aleluia! — ecoou a multidão, em coro.

Mais de trezentas pessoas assistiam ao culto na Igreja Internacional da Santa Paz de Deus (IISPD), em Porto Getúlio. Todas suavam, já que os ventiladores instalados no salão não davam conta do recado. Metade dos crentes parecia estar em transe: olhos virados, tremores pelo corpo e a espinha curvada para trás, com as palmas das mãos voltadas para cima e os joelhos um pouco dobrados. Alguns choravam copiosamente. Uns poucos se debatiam no chão, como num surto epiléptico, e logo eram levados para perto de um obreiro ou um pastor assistente, que procedia com exorcismo ou algo assim. Os que não estavam possuídos vasculhavam a carteira para entregar notas graúdas – de cinquenta e cem reais – aos coletores que percorriam o ambiente com sacos fundos de pano. Um desses cobradores me abordou.

— Uma contribuição para a obra de propagação do sagrado Evangelho, por favor.

— Não, obrigado. — Eu nem sequer fiz contato visual com a pessoa.

O obreiro saiu atônito. Não reagiu, provavelmente porque ninguém havia se comportado dessa forma no culto antes. Assim que a histeria baixou, o obreiro pareceu se dar conta do ocorrido. Ele se dirigiu a um homem muito alto, com as mãos cruzadas na altura dos quadris, que passou a cerimônia toda virado de costas para o púlpito. Guarda-costas, não restava dúvida. Falou algo no ouvido do gigante, que caminhou a passos largos até mim.

— Está tudo bem com o senhor? Algum problema?

O pior que poderia acontecer comigo era ser expulso da igreja pelo brutamontes. Não me intimidei.

— Vim falar com o pastor Laurentino. Ele marcou comigo depois do culto. Sou Cacá Furtado, da parte do deputado Cândido Peçanha.

— Por favor, aguarde um instante. — O semblante do jagunço se transformou. Ele puxou o microfone do headset e falou algo com alguém pelo rádio. Ao final da conversa, ele se voltou para mim e disse, gentilmente:

— O senhor me acompanhe, por favor.

O grandalhão abriu uma porta corta-fogo na lateral do palco e me conduziu por um corredor estreito que levava a uma sala com uma luz branca tão forte que fazia doer os olhos. Lá chegava o dinheiro nos malotes dos obreiros. Em quatro mesas, outros abnegados fiéis separavam as notas por valor e as agrupavam em maços, que depois eram entregues a homens tão simpáticos quanto meu acompanhante. Nunca vi tanto dinheiro em espécie. E eu já vi bastante dinheiro em espécie, acredite. Pude notar que o recinto era vigiado por no mínimo seis câmeras. Era um monitoramento profissional, só comparável ao que vi nos cassinos de Reno e de Las Vegas, lugares onde estive muitas vezes por razões políticas, sempre acompanhando amigos do deputado Peçanha.

Finalmente atravessamos uma porta larga que dava para um cômodo climatizado, com piso de madeira de lei e móveis de couro. Era a antessala do gabinete do pastor. O guarda-costas, manso como um cordeiro, disse:

— Por favor se acomode, senhor. O pastor irá recebê-lo assim que terminar o culto. O senhor aceita um uísque?

— Sim. *Neat*, por favor.

Aceitei um, depois dois, depois três. Tomo só uísque puro por causa da amigdalite. Era domingo à noite, e eu não tinha compromissos. A bebida já vinha servida no copo, mas posso garantir: era coisa boa. Single malt, com certeza, provavelmente de Speyside. O pastor demorava a chegar. Eu já não aguentava mais a enorme TV de tela plana que transmitia incessantemente clipes de música gospel.

Até que, por fim, o homem chegou, com os cabelos molhados, de roupão e pantufas.

— Desculpe a demora, Cacá. Precisei tomar uma chuveirada para tirar a inhaca. Vamos, entre. — Ele me abriu a porta para a próxima sala, onde ficava uma enorme mesa de jacarandá e uma TV maior ainda, que tocava os mesmos clipes da outra, em volume ainda mais alto. O pastor correu para a mesa, alcançou o controle remoto e desligou o aparelho. — Meu Deus, isso é um saco! Mas precisamos deixar para quando recebemos visita dos artistas. Esses caras faturam milhões, sabia?

— Sabia. E você leva...?

O pastor Laurentino caiu na gargalhada e espalmou as duas mãos. Dez dedos, dez por cento. O dízimo dos artistas gospel. Mas isso era dinheiro de pinga para ele. Laurentino se levantou e me deu um tapa amigável no ombro enquanto se dirigia para o lado oposto do gabinete.

— Deixa esse copo aí. Vamos beber algo bom de verdade.

Ele se agachou para abrir a porta de uma bancada de mogno e esticou o braço para agarrar algo lá no fundo.

— Pronto. Macallan 1990. Custa uns seis mil lá fora. Dólares. Aqui, nem se encontra.

Ele serviu nossos copos e voltou a sentar-se em sua poltrona.

— Diga, Cacá, o que o traz até mim?

Era ano de eleições para cargos estaduais, e o deputado Peçanha havia me encarregado de uma missão muito especial. Seu primogênito, Cândido Filho, o Candinho, concorria a vice-governador na chapa de Rubião Teixeira, velha raposa da política regional. Apoiávamos também o candidato à presidência do partido de Rubião. Éramos a bancada mais numerosa do Congresso, mas não nos interessava descascar o abacaxi do Executivo. Assim estava bom. O problema é que os líderes evangélicos, incluindo Laurentino, se inclinavam a apoiar o Messias Jorge – membro da Congregação Universal da Graça de Cristo – para o governo estadual. Messias concorria por um partido nanico, tinha poucas chances de vencer. Meu serviço daquela noite era fazer Laurentino mudar de ideia.

— Pastor, preciso dos votos de sua gente para eleger a chapa do Candinho.

— O quê? Aquele pederasta? Você deve estar brincando!

Ali estava a dificuldade maior da missão. Cândido Filho nunca havia assumido a homossexualidade, porém todos sabiam que ele era gay. O rapaz, que já se aproximava dos trinta e cinco anos, jamais fora visto em público com mulher. Na década anterior, ficara famoso em Brasília – onde era encarregado de não fazer nada no gabinete do pai – por festas extravagantes na mansão do lago.

Ele fazia parte de uma turma da pesada, formada por filhos de generais, governadores e deputados. Rolava droga pesada. Dizem que uma noite... Deixa para lá. Prometi nunca falar sobre isso. Mas Candinho amadureceu e se acalmou. Tornou-se um homem discreto. Só dava pinta quando aparecia nas colunas sociais, sempre ao lado de seu melhor amigo, Hugo Lousada.

O velho Peçanha não gostava nem um pouco desse telhado de vidro, mas precisou aceitar. Afinal, família é família. Candinho, além do mais, demonstrou ter a política no sangue. Depois da fase playboy em Brasília, tornou-se um advogado destacado aqui no estado e conseguiu boas estatísticas quando assumiu a Secretaria da Segurança Pública. Ele estava disposto a sacrificar sua vida pessoal em prol da carreira. Tanto que aceitou um casamento de fachada para lustrar sua imagem pública.

— Que maldade, pastor! O rapaz está noivo. No mês que vem se casa com Maria Cecília, filha de Afrânio Queiroz.

Laurentino franziu o cenho.

— Sei. Mas não tem muito jeito, não, Cacá. Nossa gente nos pressiona a apoiar o Messias...

— Você sabe que ele não vai levar. Se a chapa Rubião-Candinho perder, quem fatura é Zé Tarso — interrompi.

José Tarso era líder da União Popular Democrática, aliança de esquerda que crescera muito no estado nos anos recentes. Ele se destacara na Câmara dos Deputados por apresentar projetos que protegiam as minorias e limitavam os privilégios das igrejas. Quando ouviu seu nome, o pastor Laurentino fez cara de nojo.

— Nem me fale desse filho da puta. Comuna de merda.

Senti que havia fisgado o pastor.

— Então, Laurentino, fique conosco. De que você precisa?

Na política, essa é a pergunta mágica. Ela sinaliza que você deu abertura para o interlocutor apresentar suas exigências na negociação, por mais absurdas e indecentes.

— Para começar, as pastas de Educação, Saúde e Obras Públicas.

O homem era um rato. Com a educação, ele doutrinaria jovens fiéis; com a saúde e com as obras públicas, encheria o bolso.

— Pastor, preciso consultar Rubião e Peçanha. Acho que eles não vão se opor. Menos quanto à Secretaria da Saúde. Já prometemos a Ribeiro Cunha, nosso maior financiador e diretor da Associação dos Planos de Saúde Privados.

Laurentino não havia acabado.

— Mais: diga para o deputado Peçanha nos colocar na presidência da Comissão de Direitos Humanos da Câmara.

Por aquela eu não esperava.

— Mas, pastor... Isso já deu errado uma vez. A opinião pública vai massacrar.

Laurentino pegou um charuto.

— Se incomoda que eu fume? — Antes que eu respondesse, ele acendeu o charuto e prosseguiu: — Foda-se a opinião pública. O que me interessa é a opinião da nação evangélica. Sei que seremos expulsos cedo ou tarde, mas para minha gente o que fica é a imagem dos intolerantes que têm preconceito contra os evangélicos.

O homem era mesmo esperto. Dei a conversa por encerrada.

— Fechado.

Laurentino fez cara de susto.

— Espere, moço. Não acabei. Tem mais uma coisa.

— O quê?

— Candinho precisa se converter.

Dito e feito. Antes da eleição, Candinho e Maria Cecília se casaram na Terra Santa, com Hugo Lousada como padrinho. Em seguida, foram batizados no rio Jordão pelo próprio pastor Laurentino. A chapa venceu a eleição, e o pastor ganhou as secretarias prometidas. Na Câmara, não conseguiu a presidência da CDH, apenas a relatoria – o que já fez barulho suficiente.

* * *

Pregadores religiosos são os melhores cabos eleitorais que existem. Eles falam para multidões e têm a confiança cega de seu rebanho. Elegem qualquer candidato.

* * *

Budistas, espíritas, umbandistas, muçulmanos, nenhum desses grupos tem relevância política no Brasil. Os judeus são influentes em assuntos econômicos, mas em geral não se preocupam demais com coisas pequenas, como compra de votos e outras necessidades elementares da política. Entre os religiosos, o único grupo politicamente atuante em nosso país é o enorme contingente de cristãos – evangélicos neopentecostais, principalmente. Mas, deles, só uma parte liderada por pessoas cuja fé está depositada unicamente no dinheiro e nos prazeres da carne.

Este último pessoal adora reclamar de perseguição, mas também adora provocar o resto da sociedade, convenhamos. Não que todos os evangélicos sejam iguais. Eu mesmo já topei com três espécies de pastores. Há os puritanos, os negociantes e os simplesmente cafajestes.

Os pastores mais esclarecidos não submetem a fé a desvios de comportamento como a corrupção. Com esses não se deve perder tempo, a não ser que realmente você cogite abandonar a vida de pecado e buscar a salvação da alma em um plano espiritual posterior à morte do corpo. É um tipo bastante comum, principalmente em igrejas pequenas.

O segundo tipo – dos negociantes – também leva sua crença a sério, mas está disposto a buscar apoio honesto de políticos, desde que os políticos em questão se comprometam com melhorias para a igreja ou com teses defendidas pelo reverendo. Isso pode envolver a necessidade de assumir a defesa de causas e teses. Não raro, porém, esbarram em temas menos republicanos, como a substituição dos bancos ou a reforma do templo. Tenho por hábito tratar com esses.

Não é difícil conquistar o apoio de um homem capaz de, com um sermão, assegurar a transferência de um número imenso de votos.

Já levei o deputado Cândido Peçanha a diversos encontros com pastores. Ele até assumiu publicamente o compromisso de votar contra a lei que criminaliza a homofobia e contra a flexibilização das regras sobre o aborto. Fez questão de discursar em defesa da família e tirar foto segurando as mãos de um grupo de pastores.

Essa categoria é formada por homens sérios, mas que, como qualquer pessoa, cometem certos equívocos. Especialmente quando, por ingenuidade, asseguram transferência de votos em troca de migalhas.

A terceira classe de pastores é de fato asquerosa. Tenho, lamentavelmente, que lidar com eles por dever de ofício. Se pudesse, não faria isso, mas esses homens detêm um poder enorme e não podem ser desdenhados. Refiro-me aos pastores bandidos, escroques que conseguem dormir após um dia inteiro roubando pessoas humildes e desavisadas. Era justamente o grupo do Laurentino.

Esses pregadores não aprenderam o ofício com o legado de homens estudiosos e de fé, como Martinho Lutero e outros tantos protestantes respeitáveis. Eles descendem diretamente do vendedor desonesto, do caixeiro-viajante que vende gato por lebre e desaparece antes que o comprador perceba o engodo. Eles não leram a Bíblia, mas o clássico *A arte de furtar*. Os mercadores da fé, entretanto, têm plena noção da vantagem proporcionada por seu material de trabalho. Eles não precisam fugir. Podem vender por tempo indefinido suas ilusões, por uma singela razão. Até hoje ninguém apareceu com recibo na mão para reclamar que não recebeu a mercadoria adquirida, sempre a mesma: o paraíso celeste.

Outras duas enormes vantagens dos pastores pilantras são de ordem operacional. Em primeiro lugar, qualquer um pode fundar uma igreja sem provar nada. Compreendo que a cláusula legal sirva para proteger os mais fracos de perseguição religiosa e, é preciso admitir, não existe diploma de santidade. Mas aqui tudo funciona ao contrário. A proteção beneficia aqueles que exploram os mais frágeis. Esse é o "Selo Brasil".

A segunda regalia é a isenção de impostos. Instituído, a princípio, para não onerar comunidades de base e instituições de caridade, esse privilégio também alimenta os tubarões da fé. Não é por outro motivo, senão garantir sua perpetuação, que os evangélicos fazem questão de manter uma bancada numerosa no Congresso Nacional.

Enquanto um cidadão trabalhador pode atravessar semanas de burocracia até abrir uma pequena empresa, um malandro qualquer funda uma igreja em dois dias. E ainda ganha CNPJ com isenção tributária. Claro que a maioria desses espertalhões acaba por fechar seus negócios – o padrão em todos os ramos de atividade –, mas muitos se revelam empresários talentosos. A seleção natural faz desses indivíduos algumas das feras mais perigosas encontradas na sociedade.

Como uma igreja recebe em espécie – as esmolas e o dízimo de seus fiéis –, é fácil omitir uma significativa fração desse dinheiro e transferi-lo para fins diversos. Mais: o mecanismo permite que a arrecadação proveniente de outras fontes, legais ou nem tanto, seja abrigada sob o santuário da isenção fiscal. O grupo que controla uma grande igreja evangélica pode abarcar emissoras, empreiteiras, bancos e o diabo a quatro. No final, uma fatia do lucro dessas empresas é facilmente transferida, por malabarismos contábeis ou fraude pura e simples, para o caixa da igreja.

Um dos efeitos da isenção tributária é a formação de uma poderosa lavanderia de dinheiro. Então, essas igrejas não são apenas fonte de dinheiro, mas também recebem muita grana de outras origens. No final, sai tudo limpo e sem justificativas a dar ao Leão.

Por pouco, o deputado Cândido Peçanha não foi pego quando pediu a uma empreiteira que, em vez de lhe dar dinheiro diretamente, transferisse uma importante soma de recursos a uma "igreja amiga". Foi a maior confusão. Peçanha só escapou porque outro deputado havia usado a mesma igreja para lavar dinheiro. Foi descoberto antes e afastado do cargo. Cândido Peçanha escapou por um triz.

São dois fenômenos igualmente lesivos: o financiamento de impérios midiáticos com os donativos dos fiéis e a ocultação de patrimônio na turva contabilidade de um templo. Em ambos os casos, trata-se de lavagem de dinheiro. Igrejas evangélicas podem ser enormes lavanderias.

Com tantas vantagens competitivas, muitos pastores se tornaram ricos e poderosos. Precisam manter seus privilégios, mas não podem desagradar à massa popular que os sustenta. Essa conjuntura obrigou a categoria a entrar no jogo político, primeiro com lobby e depois com a atuação direta.

É fácil lidar com pastores evangélicos. Nós queremos votos, eles querem ganhar dinheiro e ampliar sua base de arrecadação. Enquanto entregarmos cargos-chave e garantirmos que a pauta evangélica prossiga no Legislativo – por aprovação de alguns projetos e obstrução de outros –, eles continuarão a nos dar votos. Trata-se de comércio em sua forma mais básica.

Todos nós – políticos e líderes religiosos – ganhamos com essa negociação. Eles até tentam se livrar da gente, constituir um exército próprio para não ter que dividir o bolo. Isso, por enquanto, é impossível. Os pastores ainda dependem muito de nós, políticos laicos. Por mais que consigam eleger representantes, há um teto para o crescimento da bancada evangélica. Existe ainda muita rejeição a eles na sociedade.

"Ainda", "por enquanto", repare no uso dessas expressões. A situação pode mudar a longo prazo. Porque os líderes crentes são a raça mais tinhosa que eu já conheci. Penso que sejam capazes de tudo.

Uma prova dessa capacidade é a trajetória do pastor Laurentino, criatura insidiosa e carismática. Ele entrou para o mercado de almas bem antes de eu ingressar na política, mas sua história é famosa. O deputado Cândido Peçanha adora contá-la em jantares e encontros informais com outros políticos. Assim, peço licença para passar a palavra ao nobre parlamentar.

* * *

Quem me apresentou ao Laurentino foi o vereador Tião Parente. Na época, eu era prefeito de nossa cidade e estava às voltas com meia dúzia de processos de reintegração de posse em terrenos municipais. Tião viu a porta de meu gabinete aberta e entrou sem cerimônia.

— Prefeito, preciso lhe apresentar uma pessoa...

— Que folga é essa, Tião? Volte lá e peça para Gertrude te anunciar! — Levantei-me da cadeira, irritado.

— Desculpe, prefeito.

Tião deu meia-volta. Eu também recuei.

— Vá, entre! O que você quer, cabra?

— Quero te apresentar um sujeito que pode terminar de vez com nossos problemas com os sem-teto.

— Cadê o infeliz, Tião?

— Lá embaixo, prefeito. Ele não pôde subir porque está sem documento. Roubaram-lhe todos.

Uma luz amarela acendeu em minha cabeça.

— Eita! Vê lá o que vai aprontar. Vamos lá acabar logo com isso.

Em frente à prefeitura, um sujeito franzino estava encostado em um Fusca todo marrom de poeira (depois descobrimos que o carro era amarelo). O tipo usava um penteado ridículo, um bigodinho mais ridículo ainda e vestia um terno puído, dois tamanhos maior que o dele – herança de algum defunto, aposto. Nas mãos, o rapaz tinha uma Bíblia que só não se desmantelava graças a um remendo de fita crepe. Eu puxei Tião para perto de mim.

— Tá de brincadeira, Tião? Eu estou atolado em problemas e você me vem com um pastorzinho mequetrefe? Eu tenho muito mais o que fazer!

Fui bufando de volta para a prefeitura, mas Tião ainda parecia confiante.

— Espere, prefeito! Confie em mim!

Pusemos o pobre coitado em um veículo da prefeitura e o levamos até a invasão do Jardim Ibitijuca, terreno ocupado pelo MAGRO, Antes de entrar no carro, ele fez questão de pegar no Fusca um megafone e um caixote de madeira.

Eu e Tião permanecemos ao lado do carro enquanto o homenzinho caminhava entre as tendas de sem-teto. Quando encontrou um descampado semelhante a uma pracinha, pôs o caixote no chão e ligou o megafone.

— Irmãos! Escutai a palavra de Nosso Senhor Jesus Cristo!

Laurentino se pôs a falar de Deus, dos evangelistas, dos milagres de Jesus, do diabo e da ajuda que precisava para construir a morada definitiva do Senhor. Em questão de dez minutos, a ocupação inteira prestava atenção nele. Logo depois, pediu donativos àquela gente miserável. Voltou para o carro carregando tranqueiras e um maço gordo de dinheiro. Que fenômeno!

O resto da história todo mundo sabe, até mesmo Cacá Furtado. Passo a palavra de volta para ele. Muito obrigado pela atenção.

* * *

Depois do showzinho no Jardim Ibitijuca, Laurentino explicou seu plano ao deputado Peçanha. Ele convenceria o movimento dos sem-teto a sair dos terrenos da prefeitura e ocupar áreas pertencentes ao governo estadual – na época, em mãos de adversários. Em troca, pedia uma pequena parcela do Ibitijuca para construir sua igreja e uma casinha. Nada mais. A obra seria custeada pelos próprios fiéis.

Vinte por cento daquele terreno representava uma área enorme, que seria valorizada assim que o lote fosse desocupado. Peçanha, contudo, viu a oportunidade de um bom negócio e fechou acordo com o pastor maltrapilho, com uma condição: a escritura definitiva só seria lavrada quando a promessa de Laurentino fosse cumprida.

Meio ano depois, as áreas municipais estavam livres para Peçanha lotear entre aliados e seus próprios testas de ferro, numa operação de redesenho urbano que garantiu a eleição do candidato situacionista na eleição seguinte. Desde então, Cândido e o pastor são amigos e aliados políticos.

Laurentino ergueu uma igrejinha que cresceu até ocupar toda a área doada pela prefeitura. Paralelamente, formou discípulos e espalhou sucursais da Igreja Internacional da Santa Paz de Deus pela cidade, pelo estado e pelo Brasil. Quando a sede da IISPD ficou pequena demais para tantos fiéis, o pastor conseguiu um terreno dez vezes maior em Porto Getúlio. Lá montou seu quartel-general, um edifício monstruoso que batizou de Templo Sagrado de Jerusalém.

Não se sabe muito bem qual é a origem de Laurentino Possidônio Toledo. Na verdade, não se sabe sequer se esse é seu nome verdadeiro: o pastor chegou à cidade sem documentos e os refez sem apresentar nenhum papel. É uma história para lá de mal contada. Ele afirma que vem do sul do país, onde era pescador, e teve uma visão de Jesus Cristo quando uma tempestade ameaçava virar seu barco em alto-mar. Eu reconheço esse tipo de mentiroso pelo bafo de enxofre. Quando não tomava dinheiro dos incautos, estava entregue ao alcoolismo e a uma incorrigível predileção sexual por mulheres casadas ou menores de idade.

O pastor Laurentino é um dos picaretas mais perigosos que conheci. Consegue, como ninguém, separar a imagem pública da vida particular. Prega a monogamia e a fidelidade conjugal – porém sustenta pelo menos sete amantes, duas delas clientes da clínica de aborto do dr. Onofre Feitosa. Espalha o ódio contra os homossexuais enquanto dá mesada para o filho Felipe, casado com Stephen. Os parceiros também são sócios de uma boate só para homens na Califórnia. Tudo isso a gente só sabe à boca pequena, nas fofocas que correm no meio político.

Mas a falta de coerência não é o que mais me preocupa no Laurentino. O homem não tem limites. Faz o que for preciso para atingir seu objetivo. Contam antigos aliados do pastor que, quando a igreja começou a crescer, ele se envolveu espiritualmente – por assim dizer – com uma mulher casada chamada Lílian. Ela era esposa de um comerciante razoavelmente próspero,

Pedro dos Telhados. Quando viu que a mulher só falava de Deus e salvação, Pedro perdeu a cabeça.

— Pare com isso, querida. Vamos viajar em uma segunda lua de mel. Esquentar o relacionamento.

Mas sexo com o marido era o último desejo de Lílian naquele momento. Ela narrou sua aflição para Laurentino, seu confidente. O pastor foi assertivo.

— Agora você é uma mulher abençoada, Lílian. Pedro continua apegado às coisas mundanas. Não serve mais para você. Peça o divórcio.

A intenção do pregador era que a fiel pegasse metade do patrimônio do marido. Pedro, para sua decepção, resistiu. E Lílian voltou a se queixar para o sacerdote.

— Ele não quer o divórcio. O que faço? Que Deus me perdoe, mas tem vezes que eu gostaria de vê-lo morto.

E desabou em lágrimas sobre o ombro de Laurentino. Dias depois, Pedro dos Telhados foi assassinado com dois tiros na cabeça a uma quadra de sua casa. Vestia bermuda e chinelos. Carregava somente o dinheiro da cachacinha que tomava todas as noites no bar do Pezão. As circunstâncias do crime nunca foram esclarecidas pela polícia, que arquivou o inquérito por falta de provas.

Laurentino se aproximou ainda mais de Lílian. Seduziu a viúva, que se tornou sua amante e doou o dinheiro do morto para a igreja. Quando ela engravidou, Laurentino a deixou ao deus-dará. Hoje Lílian e a filha, portadora de problemas mentais, moram em um casebre na periferia. Sobrevivem com uma mesada chinfrim que o pastor lhes dá por desencargo de consciência.

Esses são nossos parceiros na política. Gente que enriquece roubando o dinheiro de viúvas.

7.

O nobre blogueiro

Quero fazer aqui uma correção.

Eu disse antes que o voto pode ser comprado de duas maneiras: no varejo e no atacado. Mas há uma terceira, mais eficiente, a melhor de todas. Quando você compra eleitores que não sabem que estão se vendendo, você leva votos sinceros aos baldes. Por serem sinceros, eles se multiplicam. Ou, como se diz hoje, viralizam.

Como você encontra essa mercadoria rara? Na verdade, esse tipo de eleitor é muito mais comum do que você imagina. Até você pode ter se prestado a esse papel várias vezes, sem que tenha se dado conta.

O eleitor grátis – ou muito barato, vá lá, porque existem sempre alguns custos –, esse a gente pesca com a rede. Com a internet. Basta um influenciador, um formador de opinião dizer a coisa certa. O influenciador é uma pessoa popular nas redes sociais, seguida por milhares de almas sedentas por respostas fáceis. Ele tem verve, tem o dom da palavra, tem sensibilidade para identificar o discurso hegemônico neste ou naquele grupo, tem também vaidade e certa insegurança, então cuida de escrever apenas aquilo que sua audiência quer ler. Quando um tipo desses escreve o que o *candidato* quer dizer, a mensagem se propaga sozinha. Sem esforço nem dinheiro.

Até porque o formador de opinião raramente é aquele que se vende. Ele pode influenciar muita gente, mas também é bastante influenciável – faz seu serviço de forma inconsciente, pois de fato acredita no que escreve. E quem influencia o influenciador é o blogueiro, o colunista, o cronista profissional. Esse é nosso homem – ou nossa mulher, o gênero não importa. O blogueiro é o único dessa teia toda a ser remunerado pelo partido. Ele recebe para escrever o que queremos, então sua rede de influenciadores trata de espalhar a palavra pela internet. É fabuloso.

Antigamente era muito mais difícil. Quando comecei a trabalhar com política, a internet estava começando. O poder dos influenciadores gratuitos era mínimo – eles tinham a capacidade de convencer uma mesa de boteco por vez, quando tanto, no gogó. A comunicação se fazia diretamente entre o profissional a serviço do candidato e o público geral. E quem eram esses profissionais? Colunistas de jornal, comentaristas de televisão, radialistas. Com internet e tudo, essas pessoas ainda têm muito peso. Principalmente no interior, onde é mais fácil bancar um jornalista – ou todo o veículo. Muitos políticos, você deve saber, são donos de jornais e de emissoras. Funciona, não dá para negar. Mas é muito descarado. Os blogs são mais sutis, e por isso eu os prefiro.

O blogueiro não precisa de endereço. Não precisa sequer mostrar o rosto. Tem muito blogueiro popular que nunca foi visto comprando pão na cidade do candidato que ele representa. É a coisa mais fácil do mundo contratar um bom jornalista em São Paulo ou no Rio de Janeiro, dar-lhe uma identidade, um rosto e um site. O autor permanece anônimo e seguro. Antes da internet, não. Aquilo era o Velho Oeste.

Lembro-me bem de Chico Stein, radialista em Itapuera. Não trabalhava comigo, mas seu caso ficou famoso no partido. Ele comandava o programa *Chumbo pesado*, na rádio Difusora de Itapuera. Era um escroque, seu negócio era a extorsão. Não importava quem estivesse na prefeitura, ele cobrava uma mesada alta para não destruir reputações. O maldito sabia que a cidade toda acreditava nele. Inclusive porque Chico não dizia apenas calúnias, ele tinha uma equipe de arapongas para descobrir os podres reais dos poderosos. E esses podres iam desde compra superfaturada de ambulâncias até algum rabo de saia do prefeito. Chico pegava um fiapo de história e inventava em cima. Mas nunca levava essas denúncias ao ar. Sempre fazia um acordo com o político citado. Até o ano em que a oposição o seduziu de verdade. O radialista começou, do nada, a malhar impiedosamente a gestão do prefeito Juvenal Filho.

Numa noite, Chico levou ao ar a denúncia de que a prefeitura teria pagado trezentos mil reais para a banda Submarino do Samba no Ano-Novo anterior. Detalhe: os pagodeiros, alegando uma laringite do vocalista Beto Moleque, cancelaram a apresentação. E ninguém mais falou naquele dinheiro.

Na noite seguinte, acusou o gabinete do prefeito de promover uma farra com prostitutas no Canadá. Isso mesmo. O prefeito, o vice e três secretários tinham viajado para um simpósio de seis dias em Winnipeg, o Encontro da Juventude com Prefeitos do Mundo. Então veio o Chico gritar para todo mundo que dez garotas de programa daqui da capital embarcaram nos mesmos voos de ida e de volta. Disse que o hotel dos políticos se transformou numa orgia permanente, regada a cocaína. Alardeou que a comitiva usou o cartão corporativo para comprar joias para as moças.

Para desespero de Juvenal, as histórias eram parcialmente verdadeiras. A banda de pagode devolveu oitenta por cento do cachê, e metade desse valor foi restituída aos cofres de Itapuera. Quanto à viagem ao Canadá, eram somente cinco meninas, não teve cocaína nenhuma e os presentes se limitaram a perfumes da loja Duty Free. Mas o estrago estava feito. O golpe foi sentido. A prefeitura estava em desespero.

Corria, no diretório do partido, o rumor de que naquela noite Chico Stein soltaria a maior de todas as bombas. Mais de metade da verba destinada à Secretaria da Educação havia sido deslocada sem alarde para a propaganda oficial do prefeito – cartazes, spots de rádio e anúncios no jornal. Era uma quantia desproporcional de dinheiro. Nem o mais caro publicitário de São Paulo cobraria três milhões de reais por um serviço daquele porte. O esquema tinha cara e cheiro de trambique. Era trambique. Os vereadores, que não levaram um tostão furado na operação, certamente derrubariam Juvenal Filho.

Eu não sei como aconteceu nem quem planejou, mas o fato é que Chico Stein foi recebido por três jagunços armados quando entrou na rádio naquela noite. Sob a mira de pistolas e de um rifle, ele transmitiu o programa como se não houvesse nada de anormal. Pediu desculpas ao prefeito e aos ouvintes. Disse que foi ludibriado por pessoas mal-intencionadas que tentavam destruir a reputação de Juvenal, mas percebeu o engano a tempo. Passou uma hora fazendo loas ao impoluto titular da cadeira da prefeitura itapuerense. Na saída, foi escoltado até o carro pelos capangas.

O veículo de Chico Stein foi encontrado na manhã seguinte, no rio Pirapuera, embaixo da ponte do Divino Socorro. Segundo os peritos que trabalharam no caso, dois pneus estouraram ao mesmo tempo, o que fez Chico perder a direção e arrebentar os gradis da ponte. Seu corpo estava irreconhecível.

* * *

Foi difícil me acostumar a essa gente. Prefiro lidar com o pastor Laurentino a tratar com certos "jornalistas".

Os piores são os moralistas que apresentam programas de exploração da violência.

Raimundo Trancoso apresentava em nossa cidade o programa *A voz da justiça*. Era especializado em expor gente pobre envolvida em crimes infamantes, coisas que iam desde brigas conjugais até chacinas. Ele julgava e condenava os acusados. A pena era aplicada sumariamente: a exposição pública no programa mais visto na TV às seis horas da manhã. Curioso que o calhorda nunca noticiava crimes cometidos por gente rica, mas gente que pegava botijão de gás ou roupa no varal dificilmente escapava do facínora.

O dono da TV, Abdias Torres, ainda tentou cancelar o programa. A esposa dele, professora de filosofia na universidade, ficava nervosa com o quadro televisivo e pressionava o marido com suas convicções humanistas.

Abdias ainda chamou Trancoso para uma conversa.

— Trancoso, você está indo longe demais com isso! Precisa maneirar. Toda semana recebo uma notificação do Ministério Público. Como é que você expõe o rosto dos adolescentes? Está ficando maluco?

— Calma lá, Torres! Eles pegaram dinheiro do Feitosa. Entraram no supermercado dele. É nosso maior anunciante!

— E o que eu tenho a ver com isso?

— Tem que se eu não fizesse aquilo o patrocínio acabava. E quem ia cair matando em cima da gente era o deputado Cândido Peçanha.

— O deputado Peçanha? — perguntou Torres, já com a voz amaciada.

— Claro! O sujeito é financiado por Feitosa. Ele tem a maior cadeia de supermercados da região. Feitosa é o maior anunciante do programa porque a maioria dos consumidores dos produtos dele vem das classes C e D. Se o programa acaba, Feitosa se ferra. Se ele se ferra, Cândido Peçanha se dá mal. Então, responda: quer que eu chame Peçanha aqui para discutir contigo o fim de *A voz da justiça*?

8.

Riqueza não traz honestidade

Se você for à Praia do Lagarto, pegue a rua da Matriz e caminhe mais ou menos duzentos metros na direção oposta ao mar, até a praça do Cajueiro – que, na realidade, não é muito mais que uma árvore cercada por uma mureta de cimento e algumas mesas de alvenaria. É o ponto de encontro dos anciãos, que lá passam a tarde bebendo cachaça e jogando dominó na sombra. A cinquenta passos dali, no lado direito, está a pousada Ninho do Curió. É uma obra arquitetônica inconfundível. Imita um castelo com detalhes em alto-relevo na fachada, simulando as penas de um pássaro.

O beiral é adornado com entalhes de figuras – pessoas, peixes, coqueiros, o Sol e a Lua – e os dizeres NINHO DO CURIÓ. Tudo muito colorido. Desconsiderando o tropicalismo da obra, parece o trem fantasma de um parque de diversões fuleiro.

O Ninho do Curió foi o delírio máximo do senador Jerônimo Curió, hoje um senhor com quase a oitenta anos. Quatro décadas atrás, quando a Praia do Lagarto era uma vila de pescadores isolada do mundo, ele enviou para lá um comboio de caminhões cheios de material de construção. Furou poço artesiano, instalou um gerador a diesel, fez piscina, jardim com samambaias e hibiscos e até ergueu um pequeno viveiro nos fundos, onde mantinha aprisionados uma dúzia de pássaros, um casal de carcarás, dois ou três macacos e uma suçuarana melancólica. O palacete surreal do senador contrastava com as construções precárias de pau a pique, sem água encanada e iluminadas com lampiões a gás.

Eu estive no Lagarto uns vinte e cinco anos atrás, como geógrafo a serviço do governo federal. Durante toda essa estada, o Ninho do Curió permaneceu fechado. Fiquei hospedado bem perto dali, e aquela edificação estranha atiçou minha curiosidade. Numa tarde, decidi me juntar aos nativos na pracinha. Enquanto jogava dominó com o sr. José Honório – eu perdia sempre –, o velho pescador me contou a história do lugar.

Apesar de estar a apenas duzentos quilômetros de Porto Getúlio, Lagarto era uma comunidade esquecida pelo poder público quando o senador apareceu na área. Só se chegava lá por mar ou pela areia da praia – uma parede de dunas impede até hoje a construção de estradas que levem à vila. Não havia eletricidade, água encanada nem telefone, muito menos escola ou posto de saúde. Quem ficava doente encarava duas horas de viagem até a cidade mais próxima, Conceição do Lagarto – metade dos casos graves ia direto para o necrotério. Mas ninguém passava fome no Lagarto. A pesca era abundante, as roças garantiam a farinha e o feijão, o gado e os porcos andavam pelos becos de chão de areia.

Os turistas se contavam no dedo. Eram, sem exceção, estrangeiros que surgiam do nada e dormiam em casa de pescador, na rede e ao relento, pagando alguns trocados. Uma vez a cada dez anos aparecia um recenseador para contar no dedo os habitantes do vilarejo – umas quinhentas ou seiscentas pessoas.

Perguntei ao pescador Honório o que era o tal Ninho do Curió. Ele arregalou os olhos e disse que não sabia de nada. Apontou para um homem grande, que saía da casa com um saco de folhas secas para queimar ali mesmo, no meio da rua. Era Galeno Couto, o caseiro. Aproximei-me dele e o saudei:

— Boa tarde.

Galeno nem sequer moveu o pescoço. Hesitou por dois ou três segundos e, apenas girando os olhos em minha direção, resmungou:

— Tarde.

Estava evidente que Galeno não era um homem de muitas palavras. Se eu quisesse arrancar alguma informação daquele cara, precisaria enchê-lo de cachaça. Foi o que fiz. Convidei o bruto para uma partida de sinuca no armazém do João Capixaba, ponto de encontro dos alcoólatras locais. A cachaça era horrível, mas as histórias que eu ouvi fizeram valer cada gole.

O Ninho do Curió ficava daquele jeito, fechado, a maior parte do tempo. Então, numa quarta-feira qualquer, chegava um mensageiro de Conceição do Lagarto com ordens para fazer uma faxina geral, ligar o gerador, checar se as lâmpadas não estavam queimadas, botar a geladeira e o freezer para esfriar. No outro dia, ali na frente, pousava um helicóptero que levantava areia para todos os lados. A nave trazia itens básicos: combustível para o gerador, gás de cozinha, água mineral, lâmpadas, material de limpeza e gelo. O piloto, que seguia sozinho, descarregava também algumas caixas de vinho, uísque, vodca, lagosta, cordeiro e uma enorme mala com pertences do senador. Ia embora e voltava na noite seguinte, dessa vez com o senador e seu guarda-costas. Horas depois, aterrissava outro helicóptero, às vezes dois, cada um com quatro ou cinco homens bem vestidos, todos cheirosos e com pinta de figurão. Nunca uma mulher chegou à praia do Lagarto a bordo dessas máquinas voadoras.

As meninas, com idade entre catorze e dezessete anos, eram transportadas na caçamba de um caminhão. O senador e seus amigos gostavam das novinhas. De muitas – pelo menos duas para cada homem. Algumas eram de Porto Getúlio, outras pegavam carona nas cidades pelo caminho. Quando a comitiva chegava de surpresa, as garotas eram recrutadas ali mesmo na vila. Nenhuma delas era besta de recusar o convite do senador.

Se o Velho Testamento fosse reescrito hoje, Gênesis mencionaria as cidades de Sodoma, Gomorra e Praia do Lagarto. O que acontecia no Ninho do Curió faria corar até um sujeito vivido como eu; assim, peço perdão por omitir as partes mais sórdidas do relato do caseiro Galeno.

Assim que chegava à casa, um dos convidados tirava da bolsa um saco cheio de pó branco – que até os matutos do Lagarto sabiam ser cocaína – e fazia um monte, um vulcão nevado com dez centímetros de altura, sobre o tampo de vidro da sala de jantar. O fornecedor era o mais jovem do grupo e nunca faltava às festinhas na toca do senador. Os outros o chamavam de Tavinho – mais tarde, vim a perceber que a descrição de Tavinho batia perfeitamente com a do juiz Paulo Octavio Pinto de Albuquerque Filho, titular da 2ª Vara da Infância e da Juventude da capital.

O pó era servido em esquema *open bar*: o guarda-costas do senador esticava as carreiras e estendia um canudo a quem quisesse cheirar. Nas noites mais animadas, havia reposição de cocaína. O som era muito alto. As conversas também, mas Galeno confessou não entender metade do que se dizia naquela casa – só compreendia a sacanagem de praxe.

Quando as meninas chegavam, o embalo se transferia para a piscina. O único a usar roupa era novamente o guarda-costas, que improvisava como garçom. Houve pelo menos uma ocasião em que os peladões saíram em procissão pelas vielas de Lagarto, acordando os moradores aos gritos e fazendo sexo sob as mangueiras.

Àquela altura, tanto eu quanto Galeno estávamos bêbados demais para conversar. Não sei como cheguei à pousada, só sei que fui acordado com o caseiro do senador esmurrando a porta. Foi minha pior ressaca da vida. E ele estava apavorado. Pedia-me pelo amor de Deus que mantivesse a história em segredo: mexer com aquela gente era a morte ou coisa pior. Dei a ele minha palavra. (Antes que me acusem de traição, parêntese: ao escrever este livro, tomei o cuidado de procurar Galeno. O cartório de Conceição do Lagarto me informou que o infeliz morreu há cinco anos, de cirrose hepática.)

Quando se acalmou, o caseiro contou detalhes ainda mais aterradores. As bacanais se estenderam por cerca de dez anos, ao cabo dos quais o senador sofreu um ataque cardíaco e recebeu ordens médicas para levar uma vida mais regrada. Nesse período, um dos convidados teve uma overdose e foi salvo por um estudante argentino de veterinária que havia se mudado para Lagarto.

Pelo menos duas meninas de fora desapareceram – os moradores tinham o hábito de fazer a contagem do caminhão na chegada e na partida –, e uma garota local morreu. Cilene tinha quinze anos e, segundo os ocupantes do Ninho, sofreu um mal súbito. A família suspeitou das marcas roxas no pescoço do cadáver, porém se calou após o senador lhes propor uma modesta pensão vitalícia. Quatro jovens nativas que participaram das festas engravidaram ao longo daquela década. O pai de Lina exigiu satisfações do senador e, depois, apareceu enforcado no cajueiro da praça. Carla e Gerusa morreram no parto, assim como os bebês. Teresa teve uma menina chamada Maria das Dores e se mudou com a família para a capital. Tentou processar os três homens com quem manteve relações. Não apenas a ação foi indeferida por falta de evidências (não era disseminado então o teste de DNA) como o pai da adolescente foi processado por calúnia, difamação e extorsão. Um acordo informal evitou a cadeia e a multa que a família nunca poderia pagar: em troca da retirada da acusação, os pais de Teresa se comprometeram a ficar em silêncio sobre o caso.

Depois de tudo isso, pedi licença. Eu tinha muito trabalho a fazer na sede do município. Tomei banho, me aprumei e embarquei na jardineira que levava a Conceição. Durante a viagem, o veículo precisou parar duas vezes para que eu me aliviasse de uma indisposição gástrica. Mas o maior enjoo ainda estava por vir. Naquele dia, descobri que as orgias abjetas eram a coisa menos perversa que o senador Curió perpetrara em Praia do Lagarto.

Minha missão como geógrafo era analisar o terreno para orientar o traçado da linha de alta-tensão que seria estendida da cidade até a vila, que finalmente teria fornecimento regular de luz elétrica. Parte da tarefa – ordens superiores – consistia em identificar as terras particulares para que as desapropriações fossem mínimas. Na prefeitura de Conceição do Lagarto, obtive um mapa que mostrava o seguinte: afora sítios diminutos e as áreas reservadas à Marinha, havia somente seis proprietários de terra em Praia do Lagarto.

1. Samira Mustafá Fasid, esposa do senador Curió – apelido que o político, de origem libanesa, recebera na infância ao se destacar como barítono

no coral do colégio Santo Antônio de Pádua. Dona de metade dos terrenos do município.

2. Paulo Octavio Pinto de Albuquerque, conhecido nos anos 1940 como Popa, introduziu a prática do jiu-jítsu em nosso estado. Filho do industrial Octavio Menezes de Albuquerque, o rei da cerâmica, Popa era figurinha fácil nas colunas sociais dos jornais. Namorou Glorinha Athayde, vedete do teatro de revista, mas nunca se casou. Da breve união com Glorinha, nasceu Paulo Octavio Pinto de Albuquerque Filho, futuro desembargador e ministro do Supremo Tribunal Federal.
3. Alberto Munhoz Torremolinos, espanhol da Galícia, fez fortuna em Porto Getúlio, onde possuía três estaleiros.
4. Diogo Paraguaçu, maior usineiro de cana do estado. Ex-ministro do Desenvolvimento Agrário, hoje responde por sete ações coletivas sob acusação de manter trabalhadores em condições análogas às de escravos. Seu filho mais velho é o cineasta Humberto Paraguaçu, ganhador do Kikito no Festival de Gramado com o filme *Terra plana* – em que uma *road trip* de norte a sul do país é pano de fundo para a crítica social.
5. Severino Donato de Oliveira, homem de origem humilde, enriqueceu grilando terra para

a criação de gado no interior do estado. Morto há dezessete anos. Seu herdeiro, Tiago Wright Oliveira, é o segundo maior produtor de couro do país, dono da grife feminina Corso Venezia e presidente da Associação Nacional de Artesãos de Calçados de Luxo.

6. Paulino dos Santos Tibicuera, fundador do Grupo Tibicuera, conglomerado que atua em diversos ramos de atividade. Entre suas empresas mais conhecidas, estão a cachaça Desce Bem, a água mineral Monte Alvo, o cimento Tibicuera, a rádio Tibicuera, a TV Tibi e o jornal *Voz da capital*. Atualmente sofre de mal de Alzheimer, tendo passado o controle dos negócios à filha Sofia Tibicuera Dantas.

Não é preciso dizer que não tive como seguir com o processo de desapropriação. Se insistisse na ideia, mesmo sabendo quem eram os proprietários envolvidos, iria parar numa cova rasa ou num asilo de dementes.

Não há como negar que Curió foi visionário. Jovem médico, abandonou o consultório de urologia na capital para ser nomeado secretário municipal de Saúde em Pacatatu, irrelevante cidadezinha do litoral oeste, na divisa com Conceição do Lagarto. Elegeu-se prefeito dois anos mais tarde para ser catapultado no meio do mandato à Assembleia Legislativa, onde cumpriu duas legislaturas consecutivas. Na condição de uma das mais promissoras lideranças estaduais do partido, foi eleito deputado federal, depois voltou à prefeitura de Tremembedé e terminou a carreira em Brasília, como senador – porém nunca se desvinculou de seu reduto eleitoral.

Curió conhecia como ninguém seu hábitat. Leu em primeira mão as notícias de jornais americanos que listavam Lagarto como uma das dez praias mais bonitas do mundo. Com sua influência nas esferas estadual e federal, postergou como pôde a instalação de água, luz e telefone na vila de pescadores. Conseguiu fazer com que o traçado da estrada asfaltada que atravessaria Conceição do Lagarto fosse desviado para Santo Ângelo do Jacuci – um acréscimo de oitenta quilômetros no percurso entre a capital e Porto Getúlio.

Enquanto o atraso sufocava Praia do Lagarto, Curió comprava terras dos pescadores a preço de banana e as repassava a amigos – a turma das festinhas de embalo. A parte que lhe cabia ele registrou em nome da mulher, filha de um magnata sírio do ramo da tecelagem. Quando tudo estava loteado, ele abriu a porteira. Chegaram a infraestrutura, as pousadas, os restaurantes, as agências de turismo. Eu, quando conheci o Ninho do Curió, fui agente dessa transformação.

Hoje, Lagarto é um balneário que integra o circuito mundial de *scuba diving* – mergulho com cilindro de oxigênio. Turistas de toda parte, principalmente da Europa, acorrem a suas ruelas de areia repletas de pizzarias, bistrôs, cafés e casas noturnas. Hoje, o metro quadrado no Lagarto tem valor pouco inferior ao da orla de Ipanema. Não dá para calcular o montante que Curió e seus asseclas lucraram ao desalojar os pescadores das terras de seus ancestrais para vendê-las a italianos e franceses.

E assim, com a ajuda dos frequentadores do Ninho do Curió, o senador Jerônimo se manteve no topo do poder até a aposentadoria. Todo político sabe que não vai a lugar nenhum se não tiver as amizades corretas, aquelas que geram votos e prestígio. Sabe também que, no meio, não existe amizade sincera. Ela sempre tem seu preço – quanto mais rico o amigo, maior esse valor.

Apenas por curiosidade, o Ninho do Curió foi adquirido pelo designer italiano Giacomo Bordini, que o transformou em pousada-butique e manteve o nome. Derrubou todas as paredes internas, mas preservou a fachada original – uma peça valiosa de arte primitivista, na opinião do novo proprietário. Durante a escavação para a construção da piscina de fundo infinito, os pedreiros encontraram duas ossadas de jovens. Julgando tratar-se de um antigo cemitério indígena, Giacomo encaminhou os restos mortais à Funai, onde ainda aguardam a análise de peritos.

* * *

Adoro ouvir conversas de estranhos em aeroportos, salas de espera, restaurantes, especialmente quando são pessoas que não entendem nada de política e, mesmo assim, julgam-se especialistas no assunto. Fenômeno cada vez mais comum. É maravilhoso ver como todo brasileiro, que antes se via como um excelente técnico de futebol, está se transformando de uma hora para outra em um fabuloso estrategista político.

Hoje é mais fácil encontrar alguém que declame o nome dos ministros do Supremo que a escalação correta dos titulares da seleção. A gente está se achando o máximo. São os novos analistas políticos que não entendem merda nenhuma de nada. Pura ilusão. Esse negócio é para profissionais. Foi árduo o processo, mas aprendi isso aos poucos.

Para entrar nesse ramo, é antes necessário abandonar todo e qualquer preconceito. Política é algo que nos apresenta uma lição todos os dias. Há uma que foi um pouco difícil de aprender: os ricos também vendem votos, às vezes com mais naturalidade do que os pobres. E por que vendem? A resposta é tão óbvia que chega a ser tola: porque existe quem compre.

Somos todos contaminados por um tipo de pensamento ingênuo que nos leva a supor que o delito nasce da necessidade. O rato não ataca a despensa porque precisa – ele sobreviveria facilmente no mato, comendo frutas e pequenos animais –, mas porque lhe convém. O crime surge de uma combinação mágica de fatores: a oportunidade, a facilidade, o desfrute e a impunidade. A ocasião faz o ladrão, todos deveríamos saber. O delinquente faz um rápido cálculo mental para avaliar se o valor do bem a ser subtraído compensa o risco de ser pego. O hábito torna a ação quase automática – grande armadilha que já pegou vários ladrões talentosíssimos, porém desleixados.

Riqueza não traz honestidade. O abastado é tão vulnerável à sedução do ilícito quanto qualquer pessoa. A honestidade, mais do que algo nobremente entranhado no âmago de certos indivíduos, é um valor que se constrói dia a dia, ano a ano – tempo durante o qual a pessoa passa a entender que a satisfação da lisura moral supera o imediatismo do delito. Mas isso só acontece em ambientes que promovem esse valor e que, na outra ponta, mostram que não é vantajoso sair da linha. Não é o caso da sociedade brasileira, evidentemente. Aqui, convivemos dia a dia com amostras de que ser honesto equivale a ser otário.

Penso que já estão claras as razões que levam o rico a se vender. Falta explicar por que vale a pena comprar o voto de um indivíduo da elite, classe pouco numerosa e que cobra preços altos. Há de se entender que ricos não são pessoas comuns. Quando se compra o voto de um deles, leva-se um caminhão de votos. Isso porque – não espalhe, por favor – *os ricos têm superpoderes*. Não é teoria conspiratória, é constatação.

A elite econômica é o estrato social mais coeso que existe. Enquanto os pobres são manobrados para qualquer lado e a classe média se ocupa em guerrear com seus pares no Facebook, os ricos se unem para tramar e decidir juntos o destino da nação. São eles, no frigir dos ovos, que sustentam a classe política. Com gente rica não existe amizade desinteressada. As relações sociais são minimamente calculadas para atender a determinados interesses; quando deixam de cumprir tal função, são descartadas sem nenhum sentimentalismo. É por isso que todo político precisa saber direitinho quem são os endinheirados que quer ter ao seu redor e – mais importante ainda – aprender a lidar com eles. Pisar na bola com um rico é pisar na bola com todos eles. Significa o fim da carreira para o político.

Os ricos têm meios que você nem imagina para manipular a sociedade. Vou dar um exemplo bem didático. Pense num moleiro, dono de um moinho de farinha. Agora pense no tamanho do poder que essa categoria, da qual raramente se ouve falar, carrega consigo. Se os moleiros se sentirem ofendidos e quiserem revidar, eles têm em mãos o abastecimento de pão de uma cidade, um estado, uma nação. Corte o pão do povo para ver o que acontece. É o tipo de coisa que derruba governos, e todas as partes envolvidas sabem disso – menos o povo, talvez.

Além disso, devem-se levar em conta a amplitude e a capilaridade das teias sociais das pessoas ricas. Sua influência é algo difícil de mensurar. Voltemos ao moleiro, agora com um caso concreto. Anos atrás, Paulo Schneider, dono dos moinhos Trigolindo, estava preocupado com o projeto de lei que previa o seguinte: em todas as unidades de ensino de determinado estado, o pão de fôrma seria substituído por mandioca e cará cozidos. Fazia sentido em termos de custo e valor nutricional, mas batia de frente com os interesses de Schneider.

Eis que um dia o empresário recebeu a visita do deputado estadual Nuno Moscoso, candidato a uma cadeira na Câmara Federal. Moscoso, ex-padeiro que entrou para a política com o apoio da categoria, tinha muita influência no sindicato dos trabalhadores da indústria de panificação e também na associação dos donos de padarias. A conversa foi direta.

— Paulo, vamos derrubar esse projeto sem pé nem cabeça?

Schneider ficou desconfiado.

— É tudo o que eu quero. Mas não entendo: você não é do governo?

— Sou, mas preciso pensar antes em minha candidatura. Não se preocupe: minha atuação vai ser tão discreta que nem o partido vai saber.

Nuno atiçou simultaneamente os donos de padaria e seus funcionários. Convenceu-os de que a lei da merenda, como foi apelidada a matéria, era um precedente perigoso para o setor. Em questão de uma semana, tinha todas as padarias da cidade – donos e empregados – pressionando o Legislativo pela manutenção do pão no cardápio das escolas. Foram solenemente ignorados pelos deputados.

Então, numa manhã de verão, nenhuma padaria na capital abriu as portas antes das oito horas da manhã. As filas dobravam o quarteirão. No dia seguinte, não se encontrava pão francês em lugar nenhum: apenas os tipos mais caros, obrigando o consumidor a gastar mais.

O telejornal local se esbaldou com imagens e depoimentos de gente irritada com a falta de pão. No terceiro dia, o governo recuou e retirou da pauta o projeto que substituía pão por mandioca. Os donos de padaria aproveitaram a confusão para subir o valor do pãozinho, repassando parte do aumento como reajuste salarial de seus funcionários.

Todos, menos o consumidor, saíram ganhando. Paulo Schneider e outros empresários do ramo apoiaram e financiaram a candidatura de Nuno Moscoso, que foi eleito com folga.

* * *

Uma característica interessante da política é que as transações muitas vezes não envolvem dinheiro em espécie. Às vezes até não fica muito claro quem compra e quem vende. No caso de Nuno, ele comprou o voto de Paulo Schneider com sua influência política, mas quem entrou com o dinheiro foi o empresário.

Lidar com eleitores ricos requer muita, mas muita habilidade. Além de conceder vantagens a eles, é preciso segurar algumas benesses para ter margem de manipulação. Em palavras mais diretas, levar o sujeito na rédea sem que ele o perceba.

Tarcísio Phelippo, por exemplo, é um milionário que mora na região dos lagos. Foi lá que ele edificou uma das mais belas mansões do Setor Sul da capital. O lugar é aprazível demais. Pintou a mansão toda de branco para ter certeza de que ela sempre seria mantida totalmente limpa por dentro e por fora. Até o piso, de mármore de Carrara, precisa brilhar o tempo todo. Empregados não lhe faltam para dar cabo dessa missão.

Cirurgião plástico, Tarcísio ficou obcecado por limpeza quando ainda era estudante de medicina e participou de uma operação meio clandestina. Um colega recém-graduado e sem especialização nenhuma resolveu implantar silicone nos seios de uma jovem.

Com o dinheiro, os dois jovens viajariam para o litoral de São Paulo no Carnaval.

A moça contraiu septicemia e foi levada às pressas para a capital, onde só não morreu por milagre. Mas ficou quase dois meses internada. Assim como Tarcísio, seu colega também era filho de pais muito ricos e influentes. Eles se uniram para abafar o caso nos jornais, calar a boca da família da moça e impedir a investigação do caso pela polícia. Nada que não se pudesse conseguir com uma boa soma de dinheiro.

Tarcísio ficou sem o Carnaval, sem a Semana Santa e sem as férias de junho. Essa foi sua punição pelo episódio. Ao menos na cabeça dele, ficar sem tantas festas foi algo muito grave, o que contribuiu para desenvolver no rapaz uma incrível obsessão por limpeza. Talvez isso tenha poupado a vida de muita gente.

O médico fez fama e abriu uma clínica na capital, multiplicando a grande fortuna herdada do pai. Isso lhe assegura uma vida de grande luxo. Sempre que pode, especialmente aos fins de semana, vai para sua mansão do Lago Sul com uma nova e linda namorada. Quanto aos carros, ele alterna com a mesma ou maior frequência com que muda de mulheres. Na casa há, além do pequeno campo de futebol, uma quadra de tênis e uma enorme piscina ao lado de um jardim sempre muito bem cuidado. Na parte de trás está o píer onde Tarcísio mantém um formidável iate. Coisa nababesca.

Numa noite dessas, eu o convidei para jantar. Fomos ao Le Lapin, um dos meus favoritos na capital. Mandei abrirem uma garrafa de Romanée-Conti, safra 2002, que obteve noventa e oito pontos na revista *Wine spectator*. Combina muito bem com o coq au vin. Como já nos conhecemos há muito tempo, tínhamos alguns assuntos para colocar em dia. Mas logo chegou a hora da questão que realmente nos unia naquela noite. Nós dois sabíamos por que estávamos ali, mas foi dele a iniciativa. Perguntou-me se eu me lembrava de sua mansão.

— Claro que lembro! Já passei festas inesquecíveis por lá.

Foi quando ele me apresentou o problema.

— Você sabe como é. Todas aquelas casas foram construídas em um terreno do município. Então, ninguém tem título de propriedade. Todo mundo sabia, claro, mas havia a promessa de que tudo seria regularizado. Todo mundo faz isso por aqui. Se não estivéssemos lá, aquelas áreas serviriam apenas para o mato crescer. Fomos nós que cuidamos e embelezamos tudo ali com as casas.

Na verdade, todo mundo sabia que a área havia sido invadida. Era o "assentamento dos milionários", pessoas que achavam que suas contas bancárias as tornavam merecedoras de morar na beira do lago. Na época em que houve a invasão, a cidade inteira ficou indignada, mas ninguém teve coragem de falar. Era só gente poderosa envolvida.

Todo mundo sabia também que havia o acordo com o prefeito da época, Roberto Salg, adversário político de nosso partido. Foi justamente por causa da maldita invasão e da astúcia do Salg que perdemos aquela eleição.

O velho Salg era um dos políticos mais inteligentes que eu já conheci. Ele fez as ruas e mandou instalar a energia, mas só foi canalizar água dois anos depois, quando seu filho era candidato a deputado federal. Mais um que foi eleito por causa da invasão. Só que, por isso mesmo, o velho nunca deu o que os ricos moradores do Lago Sul mais queriam: o título de propriedade. Nas rodas políticas, o velho matreiro alegava que não tinha como pagar o que os vereadores estavam pedindo para autorizar a legalização dos lotes. Mas todo mundo sabia que o que ele queria era manter os ricos moradores da área sob seu controle. Ele passou várias eleições prometendo regularizar os terrenos. Só parou de prometer quando morreu, vítima de um fulminante ataque cardíaco, dois anos atrás.

Era por isso que Tarcísio Phelippo andava atrás de mim. Queria que eu levasse ao pessoal mais graúdo para quem eu trabalhava uma promessa de amor político eterno caso o problema fosse finalmente solucionado.

— Tarcísio, meu amigo — eu disse, colocando a mão sobre seu ombro —, pode procurar outro problema. Esse aí, eu mesmo vou me encarregar de solucionar na hora em que nós botarmos o pé na prefeitura. Juro pela alma de minha mãe!

— Nós já ouvimos muitas promessas...

— Meu irmão, nós estamos a um passo de ganhar a eleição. Marque uma reunião com todos os vizinhos e levo meu povo para definirmos esses ajustes. Vocês não vão se arrepender.

A verdade é que, assim como Salg, nós não tínhamos a menor intenção de regularizar aqueles terrenos. Não seríamos os matadores da galinha dos ovos de ouro. Mas rico é assim: fica todo mundo pobre quando chega a hora da eleição. O pensamento é exatamente o mesmo. Faça uma promessa de vantagem pessoal, e eles estão lá de joelhos, jurando amor eterno.

* * *

Phelippo é um homem nascido em berço de ouro, de família com tradição. Esse é o tipo de rico com que é mais fácil de lidar. Os mais difíceis, dada a ganância desmedida, são os chamados novos-ricos. Esse pessoal também costuma gostar bastante de política, mas é insaciável quando o assunto é ganhar dinheiro. Por isso, só nos apoiam se houver garantia de que vão lamber os beiços caso o candidato ganhe. Aí a negociação tem que ser pesada. É na base do toma lá, dá cá.

Os novos-ricos se desdobram em duas subcategorias.

A primeira é formada por aqueles que ganharam dinheiro com seu trabalho. Tardelli é um deles.

Nossa cidade fica no cruzamento de três grandes rodovias, uma estadual e duas federais. Muita gente aqui ganhou dinheiro no comércio atacadista e com fretamento de caminhões.

Lucas Tardelli tinha apenas um pequeno comércio pouco mais de vinte anos atrás, mas cresceu tanto que já tem supermercados e comércios atacadistas em três estados. No começo, ele comprava ferro-velho de porta em porta com um carrinho que ele mesmo saía puxando. Hoje ninguém mais é capaz de calcular quanto dinheiro tem.

Quando se comprometeu com nossa campanha, Tardelli não deu apenas seu apoio político. O acordo envolvia o voto de mais de dois mil empregados, todos eles gentilmente convidados a sufragar nas urnas o candidato do patrão. Além disso, o honrado comerciante contribuiu com um milhão de reais para nossa campanha, mas tivemos que assumir o compromisso de que ele ganharia todas as licitações de merenda escolar. Esse acordo consumiria um terço do dinheiro disponível para alimentar crianças carentes nas escolas públicas. Mas isso faz parte da política. Normal.

Tardelli até que é gente fina. Pior é Mauro Portalucci. Ele é dono de uma empresa de terceirização de serviços e tem mais de mil empregados. Não foi difícil convencê-lo a nos apoiar, bastou que lhe prometêssemos todos os contratos nessa área quando ganhássemos a eleição. Além de financiar nossa campanha, ele fez algo que nem eu mesmo tive coragem de pedir: ameaçou todos os mais de mil empregados de demissão caso nosso candidato não fosse eleito. O resultado é que, muito mais que votantes, ele conseguiu um milhar de cabos eleitorais para nós. Tudo muito fácil, grátis e garantido, apesar de um pouco constrangedor, ao menos para os funcionários de Portalucci. Ainda bem que nós ganhamos.

Aliás, tenho que admitir que esse negócio de terceirização foi uma ótima invenção de natureza política. É um monte de gente empregada de forma precária, que sabe que depende da boa vontade do patrão. Este, por sua vez, está sempre envolvido com política. É a natureza da área que o impõe. Não queria ter parente meu precisando desse tipo de emprego.

Agora Tardelli pensa que não depende mais da gente. Elegeu o filho deputado estadual usando a estratégia que desenvolveu quando começou a tratar conosco. Aí quer tirar onda de bacana e ameaça rompimento. Ele que nos aguarde... O que é dele já está preparado.

* * *

Falemos, por fim, dos puramente bandidos, daqueles que enriquecem na base do crime. Deles, só queremos o dinheiro.

Matias Pedraço ficou rico de uma hora para outra depois de passar uns meses na Colômbia. De repente, montou uma rede de postos de gasolina na região. É tido como bacana, frequenta as altas-rodas e é personagem rotineiro das colunas sociais. Além de ser jovem e bonito, anda na única Maserati da capital. Não tem nenhum pudor em ostentar a riqueza.

Com o dinheiro que adquiriu de forma misteriosa, abriu na cidade uma concessionária de veículos importados. Chegaram a alegar que vendeu carro usado como se fosse novo. Também disseram que negociou um mesmo veículo com duas ou mais pessoas. Ambicioso, o sujeito. Afora as audiências dos inúmeros processos judiciais que sofreu, só era encontrado desfilando no Rio de Janeiro e em São Paulo com modelos famosas.

Esse aí não prestava para ser apoiador público, pois queimaria o filme. Fui ao encontro dele pedir dinheiro para a campanha e em troca lhe prometi os seguintes ganhos: sua empresa alugaria vinte carros para a prefeitura e ainda lhe asseguraríamos um encontro – com direito a paparazzi e nota na revista *Faces* – com a atriz Camille Borgmann, estrela da novela *Ossos do ofício*. A parte mais cara e difícil foi esta última. Fiquei com uma inveja danada. Ossos do ofício, digo eu.

Ah, sim. Existem ainda aqueles que enriquecem com o dinheiro dos impostos pagos pelo contribuinte. Mas desses prefiro não falar agora. Muitos são meus amigos. Além do mais, eu decidi que já estou pronto para seguir carreira na vida pública.

9.

O assalto ao poder

O destino nos prega peças. Clichê, eu sei, mas nem por isso menos verdadeiro.

Venho aqui anunciar meu ingresso na vida pública. Não, não foi o clamor popular que me convenceu. Aliás, eu, se fosse você, deixava de acreditar nessas histórias da carochinha. O que me empurrou para a selva da política foi a própria dinâmica do jogo. Eu sou apenas uma peça no tabuleiro.

Como disse antes, levava uma vida sossegada. Não tinha nada de que me queixar. Nunca quis ser líder de coisa nenhuma, e minha ambição se satisfez com aquilo que conquistei nesses anos: um patrimônio razoável e uma rotina sem muitas preocupações.

Sou, acima de tudo, um sujeito racional. Entendo que não adianta se desesperar com o curso das coisas nem tentar evitar o inevitável: nadar contra a corrente, dar murro em ponta de faca, enxugar gelo. São muitas as expressões populares que, no fundo, dão o mesmo recado. Quando você se depara com uma força desproporcionalmente maior que a sua, o mais sensato é se resignar e mudar seus planos. Para esbanjar um pouco de inglês, *if you can't beat them, join them* – se não pode derrotá-los, junte-se a eles.

Foi esse traço de caráter que me fez receber com placidez o "convite" do deputado federal Cândido Peçanha. Uso as aspas porque se tratou mais de uma convocação, de um alistamento compulsório, do que de um convite propriamente dito. Mais ainda, foi o anúncio de que eu seria candidato a prefeito da capital do estado.

Eu acatei o chamado sem muita resistência. Não que me faltassem motivos para recusar.

A esta altura do campeonato, eu já poderia dar adeus à política partidária. Além de meu cargo no gabinete do deputado, tenho uma empresa de consultoria. Meus clientes, claro, são políticos candidatos a cargos eletivos. Meu trabalho é orientá-los para ganhar as eleições: como se portar, o que falar, o que fazer.

Nada a ver com esses marqueteiros que ficam famosos ao coordenar a campanha deste ou daquele candidato à Presidência e depois se borram de medo porque a imprensa e a Polícia Federal vão atrás dos meios que eles usaram para receber.

Esse pessoal é ganancioso demais. Eu não cobro essas fortunas e faço questão de ter uma contabilidade indevassável. Mas não é essa a diferença fundamental. Enquanto os magos do marketing eleitoral têm sede de holofotes, exposição midiática, eu opero na sombra. Não apareço, a não ser que seja estritamente necessário. E meu alvo não é o grande público, mas a rede de agentes influenciadores que decidem de fato uma eleição. Modéstia à parte, sei lidar muito bem com eles. Por essa razão, tenho dezenas de clientes no andar de cima da política brasileira. Tentei até me mudar para Brasília para ficar mais perto deles, mas não deu certo: eu gosto de cidades com esquinas e gente nas ruas. Além do mais, hoje a internet facilita as coisas.

Apesar da tecnologia, ainda não inventaram nada que substitua uma conversa cara a cara. Foi por isso que o próprio presidente da República convocou, semanas atrás, o deputado Peçanha para um encontro reservado e urgente em Brasília.

Vicente – sempre ele, braço direito do deputado – o acompanhou na viagem. Não entrou no gabinete do presidente nem ficou sabendo do teor exato do diálogo, mas, segundo seu relato, a conversa foi pesada. Peçanha saiu da sala com um semblante taciturno como nunca se vira antes. Logo ele, risonho e de braços abertos para todos.

Sei que os dois saíram do Palácio do Planalto direto para o aeroporto, onde um helicóptero os aguardava. De lá, voaram direto para minha casa. Se fosse outra pessoa, eu ficaria furioso por causa da roseira destruída.

Peçanha poupou os abraços efusivos e as gracinhas. Foi sem rodeios ao assunto.

— Cacá, precisamos ter uma conversa.

Acompanhei-o até a biblioteca, onde ficamos sozinhos. O deputado dispensou o uísque e o charuto. Nunca vi uma coisa dessas. Ao sentar-se, começou a falar.

— A eleição é daqui a alguns meses. Temos pouco tempo. Mande Carlito Guanabara suspender a campanha. Você será o próximo prefeito desta cidade.

Peçanha explanou a situação que movera o presidente a convocá-lo com tanta urgência. Explicou que o principal partido de oposição tinha lançado uma ofensiva maciça, cooptando nomes de destaques em outras agremiações e traçando uma estratégia para apossar-se do maior número de cidades grandes e médias. Isso diz respeito, principalmente, às capitais e a suas regiões metropolitanas. Só aqui em volta, eles têm candidatos praticamente eleitos em Monverde,

Tibira-Uçu, Pascoal Mendes e Santana do Campo. Se considerar também a capital, serão força hegemônica no estado. Isso afetará as eleições majoritárias daqui a dois anos, quando o deputado Peçanha disputará uma cadeira no Senado ou no governo estadual – a depender dos ventos da política – e o presidente da República buscará a reeleição.

A situação era mesmo grave. Mas por que eu? Tentei argumentar.

— Há pessoas muito mais qualificadas, deputado. Estou acostumado a servir, não a mandar.

Expliquei-lhe que tenho gastrite e não posso tomar nem cafezinho, quanto mais comer os pastéis e as buchadas que servem a todo candidato – até parece teste de resistência. Admiti que não gosto muito de crianças e sofro de certa fobia de germes, bactérias, cracas e perebas em geral. Lembrei que nunca discursei em público e inventei que tendo a gaguejar quando estou nervoso. Por fim, um argumento que pensei ser imbatível.

— Ninguém me conhece, Peçanha. Se puserem meu nome numa pesquisa, não dá nem meio por cento.

O deputado abandonou a expressão carrancuda e deu uma risada solta. Ele percebera que eu estava apelando para quaisquer pretextos na tentativa de escapar do pepino.

— Relaxe, Cacá. Tudo isso a gente resolve. Fácil. Você é o cara! Você não perdeu uma eleição até agora. E não vai perder esta. Pode escrever. A máquina está azeitadinha, funcionando que é uma beleza. Com você no comando, a derrota não é uma hipótese.

Depois disso, não me restou senão aquiescer.

Pensando em retrospectiva, já fazia algum tempo que a ideia de sair dos bastidores começara a me atrair. Eu me sentia um consultor de investimentos que ganha muito dinheiro para os clientes, mas não tira muito para si mesmo. Estava na hora de usar minha habilidade em benefício próprio. Eu conheço todos os meandros, todas as conexões, todas as artimanhas de uma campanha eleitoral. Só não tenho a chave do cofre. Minha função envolve muito mais o repasse de verbas do que a arrecadação de recursos. Perguntei ao deputado se a campanha teria meios materiais para bater de frente com a ofensiva da oposição, que contava com o mecenato do magnata Cecílio de Bastos Brás, dono dos cosméticos Ecosmell. Peçanha respondeu, como é de seu feitio, de forma enviesada.

— Não se preocupe com a estrutura de campanha. Teremos todo o apoio de que necessitamos. Nosso partido estará em aliança com todos os que podem ajudá-lo a subir a rampa do Paço Municipal.

Essas palavras do deputado soaram como música para meus ouvidos. Não gostaria de fazer campanha com apoiadores e sem dinheiro nem com dinheiro e sem apoiadores, o que na prática dá no mesmo. Mas, vindas de onde vinham, aquelas palavras já me faziam sentir o cheiro da faixa de prefeito.

* * *

Quem anda com Cândido Peçanha não está acostumado a perder.

Mas a vitória tem seu preço. E, no caso, eu logo saberia qual era. Peçanha provou que entrava na disputa com o porrete em uma mão e a metralhadora na outra. Despiu-se de quaisquer sutilezas para assegurar minha vitória. Claro que eu não seria o líder real da campanha. Sempre soube disso. Mas esperava ao menos ser consultado sobre as alianças necessárias à condução dos negócios políticos. Não fui.

No começo de agosto, tivemos a primeira reunião com os líderes que nos apoiariam. É assim que as coisas funcionam.

Reconheço que não eram as pessoas mais ilibadas com quem já estive, mas seria tolice negar a conveniência política de sua amizade e seu companheirismo. Com aquele time reunido, não havia como perder.

* * *

O primeiro deles era o Dinho do Filé, meu velho comparsa de faculdade, Fernandinho Quixabeira. Chegou acompanhado do Tonho Carioca. Depois de fugir para a Bolívia, o Tonho voltou rico e pediu desculpas ao açougueiro. Além disso, devolveu com juros o que havia roubado do rapaz na desastrada campanha em que o Dinho ganhou somente dezenove votos como candidato a deputado federal. O velho Matias Quixabeira obrigou o filho a perdoar o Tonho. Com isso, conseguiu que o dinheiro fosse restituído ao filho e lhe ensinou uma lição: "Pare de romantismo quando o assunto é política".

Cândido Peçanha foi pessoalmente até Matias a fim de pedir seu envolvimento pessoal em minha campanha, que asseguraria grande parte dos recursos de que necessitaríamos. Matias ordenou ao filho que participasse ativamente, o que para mim foi ótimo. Transformamos o Elite Bar na extensão do comitê. Quase todas as noites, encerrávamos o dia cansativo de campanha tomando uns copos a mais naquele pulgueiro.

Mas o Dinho trouxe consigo outro participante. Era Diogo Félix, o multimilionário morador da favela. O líder comunitário com quem ele havia se recusado a cooperar na eleição anterior. Dessa vez, o dono da fortuna suspeita prometeu mais do que muitos votos. Ele contribuiu com um generoso montante de dinheiro, boa parte entregue ali mesmo, naquela hora, em espécie. A mala da qual saía o dinheiro só não era mais cafona que o terno do cafajeste. E era de esperar que Diogo não tivesse se transformado em um filantropo de uma hora para outra. O pedido que fez a mim, como retorno de sua generosidade, foi o mesmo que antes dirigira ao Dinho do Filé:

— Quero os contratos de merenda escolar.

Diogo foi tão direto e cortante que eu não tive tempo de processar uma resposta mais ou menos diplomática. Fui instintivo e tão sem tato quanto meu interlocutor.

— Mas isso eu não posso fazer. Está fora de consideração.

Então, Cândido Peçanha sentiu-se no dever de intervir.

— Cacá, você não entendeu bem. Diogo Félix vai liderar nossa campanha no Jardim Buritis e em toda a zona do Baixão Redondo. É mais do que justo que a merenda escolar do município fique com ele.

Assim que terminou de falar, ele me deu uma piscada com o olho esquerdo. Era a senha. Mudei de opinião.

— Ok, faz sentido. Muito justo. A merenda escolar será sua, Diogo.

Dinho saltou da cadeira.

— Dele, não! Será nossa. Não é, Diogo? — disse o açougueiro, abraçando animadamente o líder da favela.

A família Quixabeira não vivia seus melhores momentos financeiros. O motivo era o fechamento da fábrica de rações Cãopeão. A indústria, que operava em três unidades nos arredores da capital, mudou-se para o oeste do país, seduzida por incentivos fiscais. O frigorífico Top Cow só não foi à bancarrota porque lançou a marca Red Beef, com a qual vendia carnes nobres – ou nem tanto – pelo dobro do preço de antes. Esses milagres que só o marketing faz. Mas não estava dando vazão aos miúdos, ao sangue nem às aparas de carne que seu abatedouro produzia às toneladas todos os dias e que antes eram destinados à fabricação de rações para cães e gatos. Agora, todo esse excedente é despejado em um terreno da prefeitura, na saída da cidade, em direção a Porto Getúlio. Os turistas que pegam a BR para chegar à praia já têm percebido o cheiro e visto os urubus em sobrevoo constante. Não falta muito para os ambientalistas começarem a pegar no pé dos Quixabeira.

O contrato da merenda escolar resolve essas questões. Muito melhor: com ele, a Top Cow venderá bofe e passarinha a preço de picanha e filé-mignon. Tudo em forma de deliciosos e nutritivos nuggets, croquetes e hambúrgueres. O velho Matias Quixabeira chorou de alegria ao presenciar o acordo feito pelo filho.

— O menino aprendeu muito desde a última eleição, quando nos fez passar vergonha. Agora passou a ouvir o pai. Antes tarde do que nunca!

* * *

Minha campanha vai de vento em popa. As pesquisas me colocam em segundo lugar, em curva ascendente. A projeção aponta que eu terei ultrapassado o candidato opositor no dia da votação. Se não conseguir, os números do segundo turno nos deixam em folgada dianteira.

Hoje sou celebridade no município, graças ao deputado Peçanha. Foi ele quem distribuiu dezenas de milhares de santinhos com fotos em que ele me abraça e recomenda o voto em mim. Político das antigas, mandou pichar todos os muros da periferia com meu nome – isso pode dar problemas no centro da cidade, mas a lei mora longe daqueles fins de mundo. A assessoria do partido também tem trabalhado duro para me inserir em programas de rádio e de televisão. Só não ganhei uma pasta na administração atual, adquirindo visibilidade, porque entrei tarde demais na corrida.

Eu tenho feito minha parte, sem falsa modéstia. Na semana passada, fui ter com o pastor Laurentino para pedir-lhe que coloque sua legião de pregadores a favor de minha candidatura. Ele aceitou, desde que eu apoie publicamente sua candidatura a deputado federal no ano que vem. É um preço alto para minha imagem, mas até lá já estarei eleito.

Amanhã devo conversar com Astolfo Trindade, do sindicato dos óleos comestíveis. Esse mau-caráter deu uma sorte danada porque nosso estado é o novo Eldorado da cultura de soja. Só aqui na capital, foram abertas cinco fábricas de óleo nos últimos dois anos, com a chegada de três mil e quinhentos novos trabalhadores e suas famílias. O sindicato do Astolfo é o mais rico que eu já vi – tem sede social, campo de futebol, clube de campo e até colônia de férias. Vamos ver o que ele me pede em troca de apoio à campanha. Tenho certeza de que não será pouco, mas o deputado Peçanha vai dar um jeito.

Você, que acompanhou minha trajetória, pode pensar que eu me tornei um monstro insensível ao longo desses anos. Eu respeito todas as opiniões, mas definitivamente não me considero canalha. O mundo me forçou a ser aquilo que hoje sou. Todas as minhas esperanças políticas foram despedaçadas, uma a uma. Eu apenas me adequei à realidade. Ainda sou o velho e pragmático Cacá Furtado.

Digamos que a experiência me tornou mais cético ainda. A natureza humana não me engana mais. Tudo o que eu testemunhei enquanto trabalhei em política corrobora minha descrença em nossa espécie. Boa parte desse meu desalento vem do convívio com os eleitores. Ricos ou pobres, brancos ou negros, altos ou baixos, não os vi buscar auxílio para a solução de problemas da comunidade. Estavam lá, dia após dia, em busca de lenitivo para males pessoais.

Não reivindicavam hospitais nem postos de saúde, queriam remédio grátis para seu mal passageiro; não pediam ambulância para a comunidade, mas carona em meu carro até o hospital; não buscavam saneamento básico, mas internação para o filho com diarreia; não queriam o município atraindo indústrias, mas, famintos, pediam trocado para a feira; não queriam impostos justos, mas perdão para o tributo devido.

A lei morre onde nasce o eleitor pedinte. E minha expectativa de transformação do mundo foi perdida de vez junto com minha primeira corrida eleitoral. Sei perfeitamente de que são feitos os votos. Não é de corações nem de cérebros, mas de vísceras – quando não de excrementos.

Vivemos numa sociedade de hipócritas, exigindo das classes dirigentes aquilo que nós mesmos nunca entregamos: honestidade e comprometimento com o bem comum. Não é um problema exclusivo do Brasil, longe disso, mas aqui a coisa é escancarada. Lembra-se da moça que brigou comigo porque eu passava catorze itens no caixa rápido do supermercado? Ela só deu chilique porque eu atrapalhei a rotina *dela* – se fosse no caixa ao lado, a guardiã da moralidade provavelmente teria empatia comigo. Se fosse com ela mesma, talvez argumentasse que o caixa rápido estava livre quando ela chegou – o que de fato aconteceu comigo.

O brasileiro adora dar uma de ambientalista, mas joga guimba de cigarro na rua sem cerimônia nenhuma. Vive dizendo que o trânsito na Europa é civilizadíssimo, mas quase passa por cima dos pedestres que atravessam na faixa. Reclama das autoridades corruptas, mas não hesita em molhar a mão do guarda quando o filho é pego com maconha na estrada.

Isso se reflete também na sanha messiânica de alguns juízes e promotores, jovens determinados a exterminar a classe política. Quem eles vão colocar em nosso lugar? Santos imaculados simplesmente não existem. O eleitor que acredita nesses ritos purificadores é um tonto, um idiota. Ou talvez não. Talvez ele só exiba a espada cintilante da honestidade na esperança de que uma nova ordem o favoreça – e a seu círculo mais próximo, que fique claro.

O político é o espelho da sociedade. Sim, sim, mais um clichê. O que eu posso fazer se este país é um grande estereótipo de uma república das bananas? Uma gigante e grotesca caricatura? Não se pode exigir uma classe política íntegra em uma sociedade esfacelada, egoísta, doente e corrompida como a brasileira.

Por isso, tenho a consciência leve. E aproveito a deixa para pedir licença, pois devo poupar palavras para quem realmente interessa: o eleitorado de minha cidade. Tenho uma eleição a ganhar. Um dever a cumprir. E, quando o dever chama, não basta bater o cartão de ponto para marcar presença. É preciso cumprir seu papel. É preciso fazer aquilo que de fato precisa ser feito.

Entendeu, leitor?

Agora me despeço, mas antes vou reformular a pergunta: entendeu, eleitor?

Este livro foi composto em Fairfield LH 45 e impresso pela
Intergraf para a Editora Planeta do Brasil em outubro de 2016.